(Ent)Spannung

Viktoria Suhr

Bibliographische Information der Deutschen Nationalbibliothek:
Die deutsche Nationalbibliothek verzeichnet dieses Publikation in der
Deutschen Nationalbibliographie; detaillierte bibliographische Daten
sind im Internet über http://dnb.dnb.de abrufbar.

©2015 Viktoria Suhr
Herstellung und Verlag:
BoD - Books on Demand, Norderstedt

ISBN: 9783734791215

Vorwort

Schon als junges Mädchen habe ich in meiner eigenen Welt gelebt und kleine Geschichten geschrieben. Diese entstanden im Unterricht, während diverser Busfahrten oder einfach bei guter Musik zu Hause. Nach und nach wurden die Geschichten umfangreicher, ich entwickelte meinen eigenen Stil. Brach ihn, baute ihn aus. Und dann überwand ich mich endlich nach dem gefühlt hunderte von Menschen (in Wirklichkeit waren es vielleicht 5) mir sagten, ich solle es mit der Welt teilen. Und hier ist das Rasultat.

Danke

Zu aller erst möchte ich dir danken, dass du dieses Buch liest. Es ist eine Ansammlung aus Kurzgeschichten, die ich so ab der siebten Klasse aufwärts geschrieben habe. Sie sind in der Reihenfolge, in der sie fertiggestellt worden sind. Ich danke dir, dass du dir Zeit nimmst und dir meine Worte zu Gemüt führst!

Außerdem möchte ich noch meiner lieben Lena danken, dass sie mich zu dem einen Schreibkurs geschleppt hat, immer fleißig mit meinen Geschichten mitgefiebert hat und auch immer wieder meinte, wie toll doch meine Geschichten seien. Auch wenn ich ihr nie richtig geglaubt habe.

Vielen lieben dank an Laura, die es immer gar nicht abwarten konnte „Zugewuchert" weiter zu lesen und ich im Unterricht immer den schon geschriebenen Text zuhalten musste, damit sie am Ende alles in einem Stück lesen kann.

Vielen dank an meinen Tobi, der mich unabhängig von Lena überredet hat meine Geschichten nicht nur mit meinen Freunden zu teilen. Und obwohl er kein großer Leser ist, sich trotzdem von „Schatten" hat fesseln lassen. Ich liebe dich mein Krümelmonster!

Und auch noch vielen Dank an meine kleine Schwester Rebecca, die immer wissen wollte, wie „Schatten" weiter geht, obwohl sie Bücher lieber als ganzen Baum sehen würde, als als Lesematerial.

Ich hoffe du hast genauso viel Spaß beim Lesen, wie ich beim Schreiben!

Zugewuchert

Eins

Sie saßen am Esstisch. Sie warteten auf den Vater. Er müsste jeden Moment von der Arbeit kommen. Sie Sonne schien. Warm. Es war Sommer. Plötzlich stürmte der Vater durch die Tür. Er zog seine Frau und Tochter kommentarlos aus der Wohnung. Hinein ins Auto. Er startete den Wagen. Und auf einmal begann es zu regnen. Erst nur leicht aber bald platschten dicke Tropfen auf das Autodach. Es zischte. Die Tochter sah nach oben. Langsam brannte sich ein Loch in das Dach. Es wurde größer und größer. Die Tochter sagte nichts. Hatte Angst. Starrte auf das Loch. Ein Tropfen fiel hindurch. Landete auf ihrer Haut. Es brannte. Sie sog scharf die Luft ein. Sie waren am Bahnhof angekommen. Der Vater sprang aus dem Wagen. Er hob seine Tochter hinaus. Er nahm sie an die Hand und zog sie zur U-Bahn Station. Die Kleine wusste nicht was geschah. Der Regen brannte auf der Haut. Es juckte und zischte. Sie weinte, aber ihr Vater zog sie weiter in die Station hinein und die Treppen hinunter. Ihre Haut war gerötet und gereizt. An einigen Stellen sogar offen. Die Mutter nahm sie vorsichtig in den Arm. Ihre Kleider waren kaputt. „Liebling, was geht hier vor?", fragte sie ihren Mann. Er begann zu erklären: „Der Regen ist eine Säure. Durch die ganzen Abgase, die der Mensch in den Himmel ausgestoßen hat, hat sich eine Säurewolke gebildet. Sie verätzt irgendwie alles, was menschlich und von Menschenhand geschaffen ist. Mein

Labor hat ja schon lange daran geforscht, aber wir durften nichts sagen. Wir konnten nichts tun. Und als heute klar wurde, dass der Regen ausbrechen wird, wurden wir sofort nach Hause geschickt, um unsere Lieben zu retten. Ich habe eine SMS an alle meine Kontakte geschickt, dass sie sich so schnell wie möglich unterirdisch verschanzen sollen, aber ich weiß nicht, wie viele mir Glauben geschenkt haben. Ich weiß nur, dass wir unterirdisch sicher sind und hier bleiben müssen, um nicht veräzt zu werden. Es tut mir Leid."

„Und wie sollen wir das ohne Essen überleben? Unsere kleine Maus ist erst 7! Und du hast uns gerade vom Esstisch weggerissen!", stellte die Mutter fest. „Ich werde uns jetzt Vorräte besorgen!" „Bist du des Wahnsinns? Ich habe gerade versucht zu erklären, dass der Regen ätzend ist und den sicheren Tod bedeutet, wenn man draußen herum läuft! Er zerstört alles, was das moderne Leben ausmacht!", schreit er sie an. Das Mädchen hielt sich die Ohren zu. Die zwei sollten nicht streiten!

Sie beobachtete, wie ihre Mutter die Treppe hinauf stieg. Ihr Vater rannte ihr schreiend hinterher. Das Mädchen weinte. Sie hörte die Schritte in der Halle verklingen. Dann herrschte Stille. Sie sah sich um.

Ganz alleine saß sie in der U-Bahn Station auf einer Bank. Sie baumelte mit den Beinen und beruhigte sich etwas. Auf einem Fernseher, der von der Decke hing, standen lange Wörter in orange und eine 1. Die 1 sprang um in eine 0 und sie hörte gruselige Geräusche. Ein Zug rollte ein und kam zum Stehen. Drölf große Menschen kamen heraus und liefen die Treppen hinauf. Der Zug rollte wieder an und verschwand im nächsten Tunnel. Sie war wieder alleine. Die Stille war bedrohlich. Das dunkle Licht war gruselig und in den Ecken saßen bestimmt Monster. Sie begann zu zittern. „Mami? Papi?", aber ihre Stimme hallte nur in die leere der Station. Sie setzte sich auf ihre Hände und wippte hin und her. Es war kühl. Ihr wurde kalt. Die kaputten Kleider wärmten nicht mehr. Ihre Arme brannten. Sie wollte zu ihrer Mami auf den Arm.Sie hatte Angst. Große Angst.Wo war ihre Mama? Wo war ihr Papa? Wo blieben die so lange? Was würde passieren, wenn sie sich weg bewegte? Würden sie sie finden? Dann hörte sie Schritte. Auf der Treppe konnte sie Füße sehen. Den Füßen wuchsen Beine und schon bald war es ein ganzer Mann. Ihr Papa! Aber der Mann war alleine. Das registrierte das Mädchen jedoch nicht. Sie sprang auf und rannte zu ihm hinüber. Tränen liefen ihre Wangen hinunter und sie schlurchzte laut. „Papi!", rief sie und umarmte seine Beine. Er beugte sich zu ihr runter und nahm sie in den Arm. Sie spürte, dass etwas nicht stimmte und sah ihren Vater an. Er hatte nasse Wangen. Sie legte ihre Hand darauf. Dann sah sie sich um. „Papa? Wo ist Mama?" Der Mann zitterte. Er schaute auf den Boden, seine Augen füllten sich mit Tränen. Seine Stimme bebte. Die Traurigkeit darin erfüllte den ganzen Raum: „Lisa, Mama ist Tod!"

Zwei

...10 Jahre später...

Ich sehe ihn an. Er brät gerade eine Ratte, die wir in dem Tunnel fangen konnten. Sie schmecken widerlich. Aber was sollen wir anderes essen? Mein Vater traut sich die

Treppen nicht hoch. Zu viele schreckliche Erinnerungen. Und dann noch die Angst, dass der Regen auch mich töten könnte. Also ernähren wir uns seit Ewigkeiten von diesen dreckigen Viechern. Das Problem ist, wenn ich hier nicht bald raus komme, gehe ich ein. Ich will nicht hier unten sterben.

Die ersten Jahre waren erträglich. Ich war aber auch klein und fand alles aufregend und spannend. Ich bin mit meinem Papa durch die Tunnel gelaufen und hatten nach Essen gesucht. Manchmal sind uns kleine Grüppchen begegnet, aber mein Vater wollte sich ihnen nie anschließen. Er hatte Angst um mich. Gefunden haben wir manchmal Chipstüten oder alte Burger in den Kiosks gefunden. Aber auch die wurden irgendwann schlecht und wir hatten angefangen diese schrecklichen Viecher zu jagen. Am Anfang war es noch erträglich sie jeden Tag zu essen. Morgens Ratte, mittags Ratte, abends Ratte. Aber immer noch besser, als nichts.

Mittlerweile will ich nur noch wieder etwas normales Essen. Nudeln, Reis oder sogar Brokkoli. Ich will hier raus. Koste es, was es wolle. Ich will endlich raus aus dieser verdammten Hölle aus Dunkelheit und Enge. Ich stehe auf und laufe ein wenig hin und her.

Dann sage ich: „Ich gehe. Ich werde mir ein bisschen die Beine vertreten." Ich habe einen Entschluss gefasst und er wird mich nicht daran hindern. „Wo willst du hin?", fragt er mich. „Raus!" „Du gehst da nicht raus! So habe ich schon deine Mutter verloren!", er brüllt mich an. Er schreit mich tatsächlich an. Ich versuche ruhig zu bleiben: „Ich werde aber nicht hier unten in dieser gottverdammten Hölle bleiben und mich von Tauben und

Ratten ernährend auf meinen Tod vorbereiten! Ich will Leben, das Gras unter den Füßen spüren, die Sonne auf der Haut, den Wind in den Haaren und die Luft riechen. Nicht hier unten im Dreck sitzen und auf dem zähen Zeug rum kauen!" „Na gut, dann gehe ich und suche uns etwas richtiges. Und du bleibst hier am Feuer und passt auf, dass nichts anbrennt." Er gibt auf. Er gibt tatsächlich auf, wenn auch nur so halb. Ich muss ihn weiter bearbeiten. „Nein! ICH gehe jetzt da hoch und zurück in das Leben, dass mir genommen wurde! Ich hasse es hier unten! Ich hasse dieses Essen! Ich halte das nicht mehr länger aus! Ich gehe jetzt hoch, egal, was du sagst!" Damit renne ich die Treppen zum Ausgang hoch. Ich höre, dass er mir folgt. „Warte Lisa! Ich komme mit! Ich dich nur nicht verlieren. Du bist das Einzige, was ich noch habe!" Das bewegt etwas in meinem Bauch und ich bleibe stehen. Ich spüre, dass er seine Hand auf mein rechtes Schulterblatt gelegt hat. Er zeiht mich in eine Umarmung. „Ich habe dich so lieb!" Das hat er schon lange nicht mehr gesagt.

Wir stehen in der Eingangshalle. Lauschen gespannt. Es ist still. So unheimlich still. Wenn es doch noch regnet und wir es nur nicht hören?

Die Tür ist kaputt und geht nicht mehr mit dem Bewegungsmelder auf. Wir müssen sie seitwärts aufschieben. Wie wir vorher auch schon sehen konnten, stehen wir vor dem nächsten Problem. Ein Wald aus wurzeln ist über die Treppe gewachsen. Die dicken Knorrigen zweige der Wurzeln lassen kaum Licht durch. Nur einen leichten Schimmer aus grün-goldenen Sonnenstrahlen. Mit vereinter Kraft müssen wir die

Wurzeln auseinander drücken und zwängen uns durch die entstandene Lücke.

Wir stehen im Schatten eines großen Baums. Seine Äste streckt er majestätisch der goldenen Sonne entgegen. Der leichte Wind rauscht spielerisch durch seine Blätter und wiegt sie vorsichtig hin und her. Wie sind mitten in der Ruine der ehemaligen Bahnhofshalle vom Fernverkehr. Der ganze Boden ist mit weichem Moos zugewuchert und Kletterpflanzen haben den Rest der Wände, die der Regen heile gelassen hat, bewachsen. In einiger Entfernung stehen weitere kleiner Bäume. Und Ich bin der Meinung auch etwas Buntes zu sehen. Eine Blume wahrscheinlich. Wie in Trance drehe ich mich um mich selbst. Rieche die frische Luft. Sie strömt mir durch die Lungen. Löst all den Staub aus der Tunnelluft aus ihr heraus. Meine viel zu blasse Haut spürt die wärmende Sonne und nimmt jeden Strahl dankend an. Es kribbelt wohlig. Es ist wie in einem Märchen, dass mir meine Mutter erzählt hatte, als ich noch ... bevor es passierte. Es fühlt sich so richtig an. Als wäre die Welt da unten nur ein Alptraum gewesen, aus dem ich nun erwacht bin.

Mein Vater tritt auch aus dem Schatten des Baumes. „Wow, wie schön. Ich wusste gar nicht mehr, wie schön Mutter Natur ist.", sagt er und schließt die Augen. Ich höre ein Rascheln im Baum. Vermutlich ein Vogel. Ich sehe nach oben. Hoffe ihn zu entdecken, aber durch das dichte Geäst und die vielen Blätter ist mir die Sicht auf jeden Vogel versperrt.

Ich drehe mich wieder um. Mein Vater sieht auf einmal so glücklich aus. Als hätte er endlich seinen inneren Frieden gefunden. Etwas surrt an meinem Kopf vorbei.

Ich realisiere nicht, was es ist. Ich kann es nicht fassen. Begreife nicht, was ich da sehe. Was gerade vor meinen Augen passiert ist.

Mein Vater öffnet schockiert die Augen und sackt zusammen. Ich bin wie erstarrt. Wie kann so etwas schreckliches an einem so schönen Ort passieren? „Papa?", meine Stimme ist kaum mehr als ein Wispern. „Papa?" Angst liegt darin. Sie kommt in mir hoch. Trifft mich mit einem Schlag. Tränen schießen in mein Gesicht. „P-Papa?", stottere ich. Vorsichtig gehe ich auf ihn zu. Stolpere über das Moos. Es erscheint mir auf einmal nicht mehr strahlend. Es ist auf einmal schreckliches Unkraut, dass anderen Pflanzen den Platz zum Leben nimmt. Bräunlich. Widerlich. Ich achte auf nichts um mich herum. Falle neben meinem Vater auf den Boden. „Papa?", meine Stimme ist kraftlos. Seine Augen bewegen sich. Voller Schmerz und Angst sieht er mich an. „Versteck dich! Pass auf dich auf. Ich bin stolz...", seine Stimme bricht ab. Ich kann es nicht fassen. Mein Blick schweift über seinen Körper. Übelkeit kommt in mir hoch, als ich den Pfeil in seinem Bauch stecken sehe. „Nein!", flüstere ich. Ich knie neben ihm. Völlig eingefroren. Seine starren Augen schauen direkt durch mich hindurch. Er ist nun bei meiner Mutter. Das weiß ich. Und trotzdem. Ich bin jetzt alleine. Man hat meinen Vater umgebracht. Man hat mir meinen Beschützer und Lehrer genommen! Und viel wichtiger. Jemand hat es getan, als mein Vater endlich mit sich im Reinen war. Es hätte nur noch Berg aufgehen können! „Nein! Nein! Papa? Warum?" Ich weine. Still rinnen mir die Tränen hinunter. Nicht aus Trauer. Nein aus Wut. Sie tropfen mir auf das Shirt. Meine Augen brennen. Aber es ist mir egal. Ich gebe keinen Laut von mir. In meinem Kopf rattern die Gedanken. Um uns...um mich herum ist alles still. Totenstill. Als wüsste die Natur, was gerade eben passiert ist. Ich stehe auf, sehe mich um. Aus irgendeinem Grund ist das grün immer noch zu fröhlich. Es trauert nicht mit. Das macht mich noch wütender. Ich gehe ein wenig umher. Starre immer wieder zum Baum. Überall leuchtet es grün. Die Natur will mich aufheitern, aber ich will keinen Trost. Ich will Rache. Es wird etwas düsterer. Ein paar Tropfen fallen vom Himmel. Treffen auf meine Haut. Erst sind sie kühl, erfrischend, dann werden die Stellen heiß und brennen kurz. Sie zeigen mir, dass ich noch am Leben bin. Das ich noch die Möglichkeit habe etwas zu bewirken. Ich höre auf zu weinen und Lächle. Ich stehe in dem Säureschauer und lächle. Es hört wieder auf und die Wolken sind weg. Hinter mir raschelt es. Ich fahre herum und schreie das Gebüsch in dieser Richtung an: „Weißt du, was du mir angetan hast? Ich werde nicht eher ruhen, bis ich dich gefunden habe! Bis ich meinen Vater rächen konnte. Ich bin Lisa! Lisa Rachel! Und du wirst es noch bereuen mich gekränkt zu haben! Das schwöre ich dir!"

Drei

Da stehe ich nun. Ganz allein. Eigentlich nicht überlebensfähig. Meine Augen brennen. Ich weiß nicht, ob das von dem ungewohnt hellen Licht kommt oder vielleicht doch von den Tränen. Meine Haut ist leicht gerötet von dem kurzen Schauer. Meine Kleider sind zu klein. Die kurze zerrissene Hose und das schmutzige Shirt, dass wir irgendwann in einer leeren U-Bahn gefunden hatten. Ich versuche mich auf das hier und jetzt zu konzentrieren. Als erstes würde ich einen Unterschlupf brauchen. Und ich muss mir was essbares suchen oder viel mehr fangen. Ich habe das zwar oft mir meinem Vater getan, aber er hat fast immer dabei aufgepasst, dass ich nichts falsch mache. Es fühlt sich nicht richtig an einen Platz für eine Falle zu suchen, ohne, dass er dabei ist. Außerdem kannte ich unten die Stellen, wo man oft Ratten finden konnte. Hier ist alles neu und ich bin unerfahren im Fährtenlesen.

Meine Beine tragen mich aus der Halle hinaus. Über zugewucherte Straßen. Vorbei an Ruinen. Mein Vater hat mir oft Geschichten erzählt, wie er mit meiner Mutter mit dem Auto oder Zug irgendwo hingereist ist. Ich kann mich nur noch schwer an mein Leben vor dem Regen erinnern. Ich war sechs, als er mein Leben zerstört hat. Mein Vater hat immer versucht die Zeit nicht zu verlieren, aber letzen Endes ist es im nicht gelungen. Ich habe keine Ahnung wie alt ich bin. Ich weiß nur ich habe zu viel Zeit in Schächten und Tunneln verbracht. Ich kann mich nur noch Vage an unser altes Wohnzimmer erinnern.Man konnte aus dem Fenster einen Park mit Spielplatz sehen, auf dem ich oft mit anderen Kindern gespielt habe. Ich würde es niemals wieder erkennen. Es ist alles bewachsen. Die Natur hat wieder überhand genommen. Ich biege hier und dort ab. Klettere über Ruinen. Ich habe keine Ahnung, was diese Gebäude mal gewesen sein konnten. Die größten Hindernisse sind etwa doppelt so hoch wie ich.

Auf einmal stehe ich vor einer Tür. Oder vielmehr vor dem, was mal eine Eingangstür war. Die Wand um sie herum ist nun von Efeu übernommen worden und wahrscheinlich die Heimat von unzähligen kleinen Tieren. Die ehemalige Tür ist offen. Irgendwas zieht mich in das Gebäude. Es ist recht heile und hat noch so etwas wie eine zweite Etage.

Mit jedem Schritt, den ich mache, rasen mir Bilder durch den Kopf. Meine Einschulung. Mit der riesigen Tüte, in der ich beinahe verschwunden bin. Wie meine Mutter und ich einkaufen waren. Mein Vater und ich, wie wir die Treppe hoch rannten. Um die Wette. Ich hatte ihn so oft besiegt. Heute bin ich mir sicher, er hat mich gewinnen lassen. Dann wie ich einmal gegen die Glastür zum Balkon gerannt bin. Mein Kopf hatte höllisch weh getan.

Ich stehe oben an der eingestürzten Wand. Ich schaue nach unten. Es wäre so einfach zu springen. Aber ich habe meinem Vater die Rache geschworen. Also drehe ich mich um. Etwas knirscht unter meinen Füßen. Ich bücke mich und finde unter dem sporadisch gewachsenen Gras etwas metallisches. Es ist sehr schmutzig. Als ich den Dreck abgewischt habe, sehe ich, dass es ein Bilderrahmen ist. Das Foto in dem Rahmen ist vergilbt, verblichen und an den Seiten schon kaputt. Ich schiebe die Klemmen beiseite und nehme die Rückwand heraus. Da stehen Wörter in einer sehr sauberen geraden Schrift. Das muss die Schrift meiner Mutter sein, denn als mein Vater mir versucht hat die Buchstaben beizubringen, sahen seine Zeichnungen immer viel unordentlicher aus. Ich konzentriere mich. L-i-s-a, J-o-n-a-t-h-a-n u-n-d- i-c-h 20.07.50. Ich weiß, dass ich 46 geboren bin. Ich muss auf dem Bild also... 4 sein. Ich drehe es um. Es scheint sonnig gewesen zu sein. Im Hintergrund ist ein großes halb eingefallenes rundes Gebäude mit vielen Bögen. Ich kann mich nicht mehr an den Urlaub erinnern. Meine Mutter steht rechts neben meinem Vater und umarmt ihn halb. Er hat seinen linken Arm um sie gelegt. Mit dem Anderen hält er mich. Meine krausen blonden Haare kitzeln in seinem Gesicht. Aber er hat seine Züge einigermaßen unter Kontrolle. Er lächelt, meine Mutter lächelt und ich grinse. Ich lasse den Rahmen fallen und behalte das Bild.

Ich gehe in das „Zimmer", dass ich als das meiner Eltern in Erinnerung habe. Ein großer Holzschrank steht an einer Wand, die noch so heile ist, dass man ihn von der anderen Seite nicht hätte sehen können. Er ist komplett heile. Echtes Holz. Nicht vom Menschen erschaffen. Verrückt. Ich öffne die Tür. Der Knauf bricht ab, aber immerhin ist sie offen. Ich krame die Sachen durch. Fühle mich schlecht meine Eltern auszurauben. Ich weiß sie sind tot, aber das ist trotzdem kein Grund ihre Sachen zu durchwühlen. Ich finde ein paar Sachen von meiner Mutter, die nicht zu Löchrig sind und stecke sie in eine Tasche. Eines der Kleider ziehe ich an. Es ist etwas groß, aber besser, als zu klein. Ich will gerade das, was von unserer Wohnung übrig geblieben, weiter durchsuchen, da höre ich Geräusche, die ich nicht zuordnen kann. Dann wispern mehrere Stimmen und eine fährt sie an, sie sollen leise sein. Es sind Männer. Da bin ich mir sicher. Ich schaue mich nach einem Versteck um. Da schallt die Stimme durch die Räume. Die Stimme ist beruhigend, aber ihre Worte machen mich wütend: „Lisa? Oder soll ich Rachel sagen? Wo bist du? Ich weiß, dass du hier bist! Ich dachte, du wolltest dich an mir rächen! War der Tod deines Vaters doch umsonst?" Ich glaube er lügt. Trotzdem kribbelt es in meinem ganzen Körper. Ich will mich auf ihn stürzen. Seine Augen auskratzen. Ihm das Gesicht zerstechen. Die Hände abschneiden. Seine Stimme verstummen lassen. Damit er nie wieder jemanden töten kann. Aber mein Kopf, meine Vernunft schreit in mir. *Versteck dich! Es sind zu viele! Sonst siehst du deinen Vater eher wieder, als dir lieb ist!*

Ich klettere in den Schrank und ziehe die Tür so doll zu, wie es geht. Ein kleiner Spalt bleibt. Aber so kann ich sehen, was vor sich geht. Sollten sie hier her kommen, würde ich es zumindest sicher sehen. Schritt nähern sich. Er bleibt in der Tür stehen. Starrt in das Zimmer.Ich halte die Luft an. Habe Angst es könne meinen Herzschlag hören. Er dreht sich um, sodass er mir dem Rücken zu mir steht, und ruft: „Der Tod deines Vaters hatte einen Sinn. Komm zu mir! Ich will ihn dir erklären! Ach Rachel! Wo bist du? Komm raus. Ich tue dir nichts." Als er geht, sehe ich sein Gesicht noch einmal von der Seite. Er Lächelt, aber nicht aus Freude!

Meine Gedanken rasen. Er hat mir das Einzige genommen, was mir Lieb war. Er hat meinen Vater erschossen! Wut überschwemmt meine Angst entdeckt zu werden. Ich balle meine Hände zu Fäusten zusammen. In mir sind nur noch zwei Gedanken: Rache und Flucht. Mit aller Kraft springe ich aus dem Schrank. Durch das Schlafzimmer und den Flur in den großen Raum, der einst unser Wohnzimmer war. Ich halte meine Tasche umklammert und schleudere das mit Kleidung gefüllte

Ende gegen den Kopf des Sprechers. Der Mann fasste sich verwirrt an den Kopf. Seine vier Kumpanen stehen irritiert in den Ecken. Mein Gegner ist nur kurz abgelenkt. In diesem Moment trete ich ihm mit aller Macht in den Schritt. Er stöhnt auf und sackt zusammen. Ich springe weg und haste die Treppe hinunter.

Ich renne weiter und weiter. Laufe und laufe. Ich weiß nicht wohin. Meine Beine tragen mich irgendwo hin. Die Männer haben bestimmt die Verfolgung aufgenommen. Ich traue mich nicht mich umzusehen. Ich laufe instinktiv durch enge Gassen und quetsche mich durch schmale Spalten, um meine Verfolger abzuhängen. Völlig außer Atem halte ich an einem Waldrand an. Ich keuche heftig. Mir ist schwindelig. Meine Beine sind schwer. Ich setze mich auf einen umgefallenen Baum. Im Anschluss atme ich tief durch. Versuche einen Fokus zu bekommen und sehe mich um. Er ist mir nicht gefolgt. Zumindest kann ich ihn nicht entdecken. Das Blut pocht in meinen Ohren. Ich sitze noch einen Moment, bis es leiser wird und schließlich ganz aufhört. Dann stehe ich auf und trete erleichtert in den Wald ein. Die Stimmung hier drin ist erfrischend, kühlend und vor allem frei. Es ist so friedlich. Man hört nur das Rascheln des Windes und vereinzelt einen Vogel schreien. Die Luft ist so klar. Ich habe das Gefühl total berauscht von ihr zu sein.

Ich fühle mich erlöst von all dem Schrecken, der mir heute schon widerfahren ist. Man kann den Wind mit den Blättern spielen hören. Es ist so beruhigend. Ich laufe durch diese Harmonie hindurch. Fühle mich unverwundbar. Auf dem weichen Boden liegen kleine Zweige und Äste, die bei jedem Schritt knacken. Trotz der nackten Füße, tut es nicht weh. Mein Blick schweift über die Bäume. Sie sind groß und grün und mächtig. Ich kann nicht glauben, dass Menschen sie einfach abgeholzt haben. In einem spielen zwei Eichhörnchen miteinander. Jeglicher Gedanke an das Böse ist aus meinem Kopf geweht. Ich sehe mich genau um. Suche nach einem möglichen Unterschlupf und entdecke eine Höhle. Dort müsste man doch die Nacht überleben können. Jetzt müsste ich mir nur noch etwas zu Essen organisieren. Und das erweist sich als schwieriger, als ich ohnehin schon dachte.

Letzten Endes finde ich kurz vor Sonnenuntergang einen Strauch mit Beeren und einen Apfelbaum. Einige Äpfel bekomme ich noch in meiner Tasche unter. Die Beeren esse ich auf dem Rückweg zur Höhle. Als diese alle sind, sammele ich Stöcke, um mir ein Feuer zu machen. Nach jahrelanger Erfahrung entzünden die Flammen sich fast von selbst. Warm und rot lodern sie in der kalten Höhle auf. Ich nehme einen der Äpfel aus der Tasche und beiße hinein. Er ist sauer. Aber es ist ein schöner, ungewohnt guter Geschmack. Diese saftige saure Süße. Es fühlt sich so unglaublich an, an der Oberfläche herum zu rennen und etwas richtiges zu Essen. Auch wenn mein Vater nicht bei mir sein kann. Je weiter ich den Apfel esse, desto mehr Tränen rinnen mir über meine Wangen. Am nächsten Morgen werde ich vom Vogelgezwitscher geweckt. Mein Rücken schmerzt, trotzdem stehe ich auf und und sammle mein Proviant auf. Ich muss unbedingt weiter! Die Männer dürfen mich nicht finden, bevor ich nicht auf ihn vorbereitet bin. Und das bin ich noch lange nicht. Auf meiner Weiterreise halte ich nach spitzen

Steinen und und stabilen Stöcken Ausschau. Aus ihnen will ich mir Waffen bauen oder schnitzen.

Gegen Mittag finde ich einen langen, dicken und geraden Ast, der sich für einen Kampf eignen könnte. Und einen großen Stein mit einer Spitze und einem schmalen Loch. Ich setze mich auf den Boden und beginne meinen Stock zu bearbeiten. Als er so gut, wie in das Loch passt, reiße ich ein wenig Stoff von meinem Kleid ab und binde damit den aufgesteckten Stein am Stock fest. Ich nehme mir einen Apfel aus der Tasche und den Kampfstab nehme ich in die andere Hand und gehe den Apfel essend weiter.

Nach einer Weile beginnt es zu regnen. Zum Glück ist es nur Wasser, oder aber die Bäume filtern das ätzende aus dem Regen hinaus. Ganz gleich, was es ist, es ist nass. So nass, dass nach nur kurzer Zeit meine Haare an meinem Gesicht kleben. Erbarmungslos prasseln die Tropfen auf mich hinab. Es wird kalt. Matsch und Schmutzbäche erschweren mir das weitergehen. Ich beginne zu zittern. Meine Arme sind eisig, meine Zähne klappern. Ich bebe am ganzen Körper. Immer wieder versuche ich mir über die Arme zu reiben. Es beginnt weh zu tun, den Stock zu halten. So unterernährt, wie ich bin, ist das auch kein Wunder. Durch das Rauschen und Platschen, kann ich meine Umwelt kaum wahrnehmen. Eine warme Hand berührt mich. Eine männliche Stimme fragt mich: „Brauchst du eine Decke?" Ich kreische vor Schreck. Meine Hände fest um den Kampfstab geklammert, wirble ich herum und richte das steinerne Ende auf seine Brust. Mit aller Kraft versuche ich das Zittern zu unterdrücken. Es gelingt mir nur schwer. Der Stab bebt weiterhin.

Beinahe unmerklich, aber ich wette der Mann hat es bemerkt. Aber ich versuche mir einzureden, dass ich ihm, sollte er sich bewegen, den Stein ins Herz ramme. Aber er steht nur da. Und lächelt. Ja er lächelt. Ich bin verwirrt. Bestimmt ist genau das seine Taktik. Er hofft womöglich darauf, dass ich den Stab senke und er mich ohne Probleme fangen kann. Ich werde ungeduldig. Ich ziehe den Stock leicht zurück, als ob ich ihn wegnehme, doch dann hole ich aus und versuche ihn mit der stumpfen Seite zu erwischen. Er blockt ab. Ich steche mit der steinernen Seite rechts zu, doch er weicht aus und packt meine Waffe. Mit einer geschickten Bewegung dreht er sie mir aus der Hand. Ich bin noch total schockiert von meinem Verlieren, da tritt er auf mich zu. Greift um mich herum. Hebt mich vom Boden. Hinauf auf seine Schulter. Ich strample und schlage auf seinen Rücken. Versuche mich aus seinem Griff zu befreien. Ich versuche mich hinaus zu winden. Zu fliehen. Ich will in die Freiheit. Plötzlich erwische ich ihn so, dass er ins Taumeln gerät. Sein Griff lockert sich. Ich verdrehe mich. Dann bin ich frei. Ich pralle auf dem Boden auf. Ein stechender Schmerz in der Schulter. Egal. Lieber Schmerzen als Gefangenschaft. Ich rapple mich auf. Sehe, wie mein Gegner zu Boden geht. Sofort renne ich los. Die Tasche hatte ich zum Glück um meine Schulter gehängt. Ich stolpere orientierungslos durch den Wald.

Vier

Durch Zufall bin ich in die Richtung gelaufen, aus der er mich gerade geholt hatte. Ich sehe nämlich meinen Stab und hebe ihn auf. Ich springe ins Gestrüpp und wähle die unebensten Wege, die ich finden kann. Ich laufe, springe und stolpere, bis mich meine Beine nicht mehr tragen. Es hat aufgehört zu regnen, aber der Boden ist noch matschig. Meine Beine geben nach. Ich falle auf die nasse Erde. Ich bin über und über mit Dreck bedeckt. Mit letzter Kraft schaffe ich es mich in den Schatten eines Busches zu verkriechen. Trotz der Kälte und der Nässe, schlafe ich auf der Stelle ein.

Der Mann. Grinsend. Nur sein Kopf. Er dreht sich. Er verformt sich. Der junge Mann. Der Kräftige. Er lacht. Seine Augen strahlen. Sein Lachen ist warm.Er blinzelt. Greift nach mir. Würgt mich. Ich schreie. Es kommt kein Ton. Stille. Dann. Die Stimme des bösen Mannes. Wo bist du? Ich weiß, dass du hier bist! Stille. Er verschwindet. Pochen. Mein Herzschlag. Ich drehe mich um. Überall ist er. Seine Stimme. Sein Grinsen. Er greift nach mir. Aus allen Richtungen. Sie kommen näher. Ich schlage meine Arme über den Kopf, rolle mich zusammen.

Ich wache auf. Tränen auf meinen Wangen. In geduckter Position unter dem Busch. Ich zittere. Mein Magen zieht sich zusammen. Ich brauche etwas zu Essen. Ich krame einen Apfel heraus. Verschlafen setzte ich mich auf und esse. Ich reibe mir den Kopf, die schmerzende Schulter, den Rücken. Ich blinzle ein wenig.
Es raschelt in meiner Nähe. Ich bin hellwach. Die Sinne geschärft. Auf einmal ist alles klar. Es dämmert schon. Der Wald ist dunkel. Es raschelt wieder. Ich drehe mich vorsichtig in meinem schlechten Versteck und fixiere den

Baum, aus dem das Geräusch zu kommen scheint. Wie ein Déjà-vu. Ein Schatten huscht durch das Geäst. Der Baum bebt. Still beobachte ich den Schatten weiter. Er springt in den nächsten Baum. Ich kann ihn nicht mehr sehen. Also stehe ich vorsichtig auf. Ich fühle mich einigermaßen sicher. Im ersten Moment ist mir schwindelig. Es wird alles schwarz. Ich blinzle heftig, aber das macht es nicht besser. Ich greife ins nichts, stolpere, da kommt das Bild wieder. Ich atme tief durch, dann sammele ich meine Sachen zusammen und klopfe mir den Schmutz so gut wie möglich vom Körper.

Ich laufe weiter. Ohne plan. Ohne Orientierung. Es kann gut sein, dass ich den Weg, den ich her gelaufen war, nun zurück wandere. Immer wieder drehe ich mich um. Ich fühle mich verfolgt. Beobachtet. Ich werde schon paranoid. Nach und nach ziehen mir Kälte und Angst in die Knochen.

Es knackt unter mir. Vor Schreck schreie ich auf. Ich schlage mir die Hände vor den Mund. Doch zu spät. Ich kann schon schwere Schritte in einiger Entfernung hören. Und ihre Rufe, ich sei in dieser Richtung. Nun können sie meine Fährte ohne Probleme wiederfinden. Mist! Ich drehe mich um. Will loslaufen, da tritt ein Mann aus dem Schatten eines Baumes. Ich versuche meine Gedanken zu sortieren. Doch es ist zu spät. Er greift nach mir. Ich kann mich gerade so eben nach unten weg ducken. Er ist mit so einer Wucht nach vorne gegangen, dass er jetzt leicht taumelt. Ich springe weg. Laufe wieder weg. Nur ist er schneller als erwartet wieder im Gleichgewicht und hat mich eingeholt. Ich spüre einen Schlag im Rücken. Mir schießt Übelkeit durch den Körper. Ich falle vorn über.

Ich pralle mit dem Kopf auf. Verliere das Bewusstsein.
Ich weiß nicht, wie lange ich weg war. Eine Stunde.
Einen Tag. Mehrere. Ich hatte kaum was in meinem
Magen und ich kann mir gut vorstellen, dass mein Körper
eine Pause gebraucht hat. Ich befinde mich in einem
kalten Steinhaus. Es ist leer. Abgesehen von meiner
Tasche und dem Stab und dem Haufen Decken, auf denen
ich liege. Ich trage nur noch Unterwäsche. Mir tut alles
weh und mir ist kalt. Ich wickle mich in eine Decke und
stehe dann vorsichtig auf. Ich will einen Schritt gehen,
doch dann falle ich hin. Der Grund: Ich bin mit einem
Seil an der Wand festgebunden. Mit schmerzenden
Armen rappel ich mich auf und setze mich auf die
Decken.
Ich versuche den Knoten an meinem Knöchel zu lösen,
als es an der Tür rasselt. Ich lasse von meinem Knöchel
ab und wickele mich in die Decke ein. Es ist der böse
Mann. Ich presse mich gegen die Wand klammere mich
an der Decke fest. Er könnte mein Vater sein, so alt ist er.
„Ah Rachel, du bist wach!", er spricht mich direkt an.
Seine Augen kleben an mir. In seinem Blick liegt etwas
mir unbekanntes. Es macht mir Angst. Ich finde meine
Stimme wieder: „Wo bin ich hier?" Ich kann die Panik
nicht verbergen. Er geht auf mich zu. „Du bist etwas
dünn, aber damit kann ich leben. Aber was will man
erwarten? Du warst noch ein Kind, als es passierte!" Er
zieht sein T-Shirt aus. Und fummelt an seiner Hose
herum, während es auf mich zukommt. „Wo bin ich
hier?" Mir treten die Tränen in die Augen. Panisch
versuche ich unter der Decke die Fesseln zu lösen. Der
Typ macht mir einfach nur Angst. Mein Bauch krampft.

„Du bist in meiner Gewalt. Süße, kleine, naive Rachel!"
Wie meint er das? „Das verstehe ich nicht!" „Natürlich
nicht meine Kleine. Du bist ohne Gewalt groß geworden.
Auch wenn deine Kindheit nicht schön war, so war sie
doch friedlich!" Er streicht mir mit seinen schmutzigen
rauen Händen durch Gesicht. Reißt mir dann die Decke
weg. „Ich war in dieser kleinen Steinhütte, als der Regen
begann. Ich habe meine Frau verloren. Mein Leben. Ich
bin mit meinen Trotteln von Freunden am Leben, weil ich
sie als Anführer geleitet habe!" Er fasst mir an die Brust.
Ich will mich weg winden. Er hält mich gegen die Wand
gedrückt. Er lehnt sich zu mir rüber. „Ich habe seit zehn
Jahren keine Frau mehr gefickt! Es wird Zeit!" Ich
begreife nicht, was er sagt, aber der klang gefällt mir
nicht. Er presst sein haariges Gesicht auf meines. Küsst
mich auf den Mund. Seine Hände wandern zu Stellen, wo
ich sie nicht haben will. Ich quietsche. Er weicht mit
seinem Kopf leicht zurück. „Ja. Rebellisch gefällst du mir
noch besser. Komm her." Er rückt zurück. Zieht mich an
den Beinen auf die Decke, dass ich liege. Er sitzt über
mir. Als er im Vierfüßlerstand mit seinem Gesicht zu mir
krabbelt. Ramme ich ihm mein Knie in den Schritt. Ich
spüre, wie das gelöste Seil von meinem Bein abfällt. „Du
Miststück!", haucht der Mann. Ich krabble unter ihn
hervor und schnappe meine Sachen. Ich haste aus dem
Haus. Hastig sehe ich mich um. Das Haus ist von außen
total bewachsen. Ein Berg ist dahinter. Ich klettere auf
das Dach und laufe immer weiter hinauf. Vielleicht
erreiche ich am Abend den Gipfel.
Nach einer Weile höre ich Schreie, die hinauf getragen
werden. Ich vermute, dass er die Namen seiner Freunde

ruft. Ich schaue zurück hinunter. Aus einiger Entfernung kommen vier Männer auf der Häuschen zugelaufen. Sie verschwinden im Haus. Ich nutze die Gelegenheit und ziehe mir was über. Als ich fertig bin, kommen die vier Männer aus dem Haus und verteilen sich am Fuße des Berges in unterschiedliche Richtungen. Fürs Erste scheint mir niemand zu folgen. In dem Moment, in dem ich mich umdrehen will, kommt ein Mann in gekrümmter Haltung aus dem Haus. Er sieht zu mir hinauf, als wüsste er, dass ich den Berg hinauf bin. Aber er macht keine Anstalten mir zu folgen.

Ich wende mich an und erklimme den Rest des Berges. Tatsächlich bin ich zusammen mit dem Sonnenuntergang oben angekommen. Ich sehe, dass eine Hügelkette folgt. Ich nehme mir vor über die Gipfel dieser Kette zu laufen. Erst einmal weg von den Männern. Rächen kann ich mich, sobald ich kämpfen kann. Ich beginne mit dem Abstieg. Müdigkeit überkommt mich. Ich suche nach etwas Essbarem, oder einem Unterschlupf.

Ich traue mich nicht lange stehen zu bleiben, um zu überprüfen, dass einige Schatten wirklich keine Höhle sind. Die Angst, die Männer könnten mich einholen, ist einfach zu groß. Erst, als es wirklich dunkel ist, weil Wolken den Sternenhimmel bedecken, traue ich mich meine Geschwindigkeit zu drosseln.

Am Rand des Tals ist ein Wald und genau dort ist ein kleines Licht. Ein Feuer. Da ich mir sicher sein kann, dass die vier Männer, die mich suchen in die andere Richtung unterwegs sind, steuere ich das Feuer an.

Am Feuer sitzt ein junger Mann. Er ist wohl etwas älter als ich. Er starrt in die Flammen und bemerkt mich wohl nicht. Ich stehe einfach da und beobachte, wie das Licht auf seinem Gesicht spielt. Er kommt mir bekannt vor. Dann fällt der Groschen. Es ist der Mann, der mir die Decke angeboten hat.

Seine blauen Augen sind auf die Flammen fixiert. Sie spiegeln sich in ihnen. Die Schatten, die durch das Feuer entstehen, tanzen um sein rundes Gesicht, das von seinem blonden wirren Haar umrahmt wird. „Wie lange willst du mich noch anstarren?", er wendet seinen Blick nicht ab. Meine Hände schießen abwehrend nach vorne. „Tut mir Leid! Ich wollte dich nicht stören. Ich bin auf der Suche nach einem Unterschlupf gewesen und da habe ich dein Feuer gesehen. Tut mir Leid!" Ich drehe mich um und will gehen. Aber seine Stimme hält mich zurück: „Wir sind uns schon einmal begegnet, stimmt's? Ich werde mein Feuer mit dir teilen! Warum auch nicht? Es ist schön mal Gesellschaft zu haben!" „D-Danke", ich setze mich neben ihn. Gerade so viel Abstand zwischen uns, dass ich nicht aufdringlich bin, aber ihn dennoch atmen hören kann.

„Warum bist du alleine unterwegs?", fragt er mich. „Ich bin auf der Flucht vor vier, nein fünf alten Männern, die meinen ich gehöre zu ihrer Zukunftsplanung. Du?" Er antwortet nicht. Starrt wieder nur ins Feuer. Er wirkt nachdenklich. Als täte ihm etwas Leid. Kurz scheint es, als würde er weinen. Ich Berühre vorsichtig seinen Arm mit meiner Hand. „Alles in Ordnung?", frage ich. Bei der Berührung zuckt er zusammen. „Entschuldigung, aber ich muss jetzt gehen! Noch etwas erledigen!", mit diesen Worten steht er auf, schnappt sich seinen Bogen und seinen Rucksack und geht in die Richtung, aus der ich gekommen war.

Fünf

Ich habe nicht groß darüber nachgedacht, was ich jetzt tue. Ich renne ihm hinterher. „Warte!", rufe ich ganz unauffällig. Er zuckt zusammen und duckt sich. Dann sage ich: „Ich komme mit!" Er richtet sich wieder auf, als er sicher ist, dass keine Gefahr droht. Er dreht sich zu mir um: „Nein! Das kann ich nicht zulassen. Ich kann dich nicht mit mir kommen lassen. Das ist zu gefährlich für ein so junges Mädchen. Ich bin zu gefährlich!" „Aber ich will mit. Das ist mir egal! Ich habe mich in dich verliebt!", als ich es ausgesprochen habe, wird mir klar, was ich gerade gesagt habe und schlage meine Hände vor den Mund. Er sieht mich an. Seine Züge haben sich nicht verändert. Ich weiß nicht, was in ihm vorgeht. Er mustert mich von oben bis unten. Mein Magen krampft. In seinen Augen glänzen kurz Tränen ,doch dann sagt er: „Ich kann dich nicht mit mir nehmen. Und dabei bleibt es!" Dann geht er. Lässt mich wieder alleine. Ich starre hinter ihm hinterher. Ein Schatten scheint sich auf ihn zuzubewegen. Der junge Mann nimmt seinen Bogen und einen Pfeil, zielt kurz, lässt den Pfeil los und der Schatten bricht zusammen. Ich stehe still da. Beobachte das Ganze. Er geht zum Schatten, holt sich seinen Pfeil zurück. Sein Gang ist kraftvoll und selbstsicher, aber nicht arrogant. Dann verschwindet er in der Nacht und ich bin alleine.
Ich stehe immer noch mit den Händen über dem Mund in Mitten der Wiese. Kein Schutz von irgendeiner Seite. Ich

wäre geliefert, würden die Männer jetzt auftauchen. Aber mein Körper will nicht auf mich hören.

Irgendwann bricht die Blockade. Ich kann wieder denken. Ich beginne zu weinen. Das ist alles zu viel für mich. Ich setze mich ein fach hin und weine. Ich werde kraftlos. Also lege ich mich ins Gras und weine weiter. Ich wimmere, gebe leise Laute von mir, aber ich bewege mich kein Stück. Dieser beschissene Regen hat mein ganzes Leben ruiniert. Ich habe meine Familie verloren. An meine Freunde kann ich mich schon nicht mehr erinnern. Ich bin auf der Flucht vor seltsamen Männern, die noch seltsamere Dinge vor haben. Ich renne einem wildfremden Jungen hinterher, der mich nicht bei sich haben will. Was kann noch alles schief gehen?

Das Gras ist weich. Die Erde gemütlich. Ich stelle das Denken ein. Sollen sie mich doch finden. Dann ist wenigstens alles vorbei. Innerhalb kürzester Zeit hat mich der Schlaf in seine erholsamen Arme gezogen.

Ich werde geweckt von Vogelgezwitscher und der Sonne, die angenehm meine Haut wärmt. Sobald ich vollkommen wach bin und meine Gedanken sortiert habe, beschließe ich mich auf die Suche nach dem jungen Mann zu machen. Ich will wissen, warum er mich wirklich nicht dabei haben will. Also laufe ich den Berg wieder hinauf. Dummerweise zurück in die Richtung, aus der ich geflüchtet bin. Vielleicht denkt er, ich sei nicht so dumm ihm dorthin zu folgen.

Nach kurzer Zeit komme ich an dem mysteriösen Schatten vorbei, den der Fremde gestern erschossen hat. Ich muss mit Entsetzen feststellen, dass es ein Mann ist. Der Irre aus dem Häuschen. Scheinbar ist er mir doch noch gefolgt. Geschieht ihm Recht! Ich ärgere mich darüber, dass ich so gemeine Gedanken habe. Aber so ist er wenigstens bei all denen, die er einst geliebt hat. Auch wenn ich mir nur schwer vorstellen kann, dass er wirklich mal gut gewesen sein kann. Aber immerhin kann er bei mir nun keine Alpträume mehr verursachen.

Ich laufe weiter. Hoffentlich ist der Fremde nicht zu weit gekommen, sodass ich ihn noch einholen kann. Nebenbei halte ich Ausschau nach etwas essbarem. Mein Magen knurrt und meine Äpfel sind so gut wie aufgegessen. Den ganzen Tag irre ich herum. In den Wald, der mal so erholsam gewirkt hat. Jetzt ist er eher genauso rastlos wie ich. Ich scheuche kleine Tiere auf. Igel, Eichhörnchen, Vögel. Ich meine sogar ein Reh gesehen zu haben. Am Abend finde ich ihn endlich wieder. Er sitzt an einem Feuer und starrt wieder in die Flammen. Dieses Mal starre ich ihn nicht erst Stunden an, bis er mich anspricht, sondern stelle ihm direkt die Frage, die mir im Magen brennt: „Warum willst du mich wirklich nicht bei dir haben? Ich bin nicht großartig jünger, als du und so gefährlich kannst du gar nicht sein!Ich habe mich schon alleine vor dem Typen, den du erschossen hast, retten können und ich habe meinen Vater sterben sehen. So schrecklich kannst du gar nicht sein. Um mich noch schocken zu können müsstest du echt grausam sein."

Stille. Er sieht zu mir hoch. Wieder die Tränen in seinen Augen. Mitleid. Schuld. Verzweiflung: „Ich habe deinen Vater erschossen!" Seine Stimme dringt in meine Ohren, aber nicht in meinen Kopf. Er kann meinen Vater nicht getötet haben. Das waren doch die Anderen. Er darf meinen Vater nicht erschossen haben. Das will ich nicht.

Aber warum sollte er die Schuld auf sich nehmen, wenn er es nicht gewesen ist?

„Warum?", obwohl ich mich so taub fühle, höre ich Erschütterung, Ungläubigkeit und vor allem Tränen in meiner Stimme. Tränen, die ich nicht spüre, von denen ich jedoch weiß, dass sie da sind. Der Klos in meinem Hals ist riesig. Und er wird nicht kleiner, als er zu erklären beginnt:

„Mein Vater war Wissenschaftler, Wetterforscher. Er wusste ganz genau, dass der Regen eines Tages kommen wird. Deshalb hat er seinen Kindern so früh es ging alles beigebracht, was er nur konnte. Er hat uns vier dann kurz vor dem Ausbruch in unterirdische Häuser gebracht. Mein drei Schwestern sind irgendwo anders auf dieser Welt. Da wir noch zu klein waren, um das alles zu verstehen, hat er uns Briefe und Bücher hinterlassen, die uns den Rest zum Überleben beibringen sollten. Wir haben alle den gleichen Auftrag erhalten. Wir sollen die Welt von den alten Menschen befreien, die die alte Welt kannten und die Natur wieder schamlos ausbeuten würden und die jungen unschuldigen Menschen zusammen sammeln und eine mit der Natur im Einklang lebende Gesellschaft aufbauen. Er hat Pläne zurückgelassen, wie wir eine Welt aufbauen können, die Luxus und Natur miteinander verschmelzen lässt. Alle möglichen Informationen über den neuesten technischen Komfort, der der Natur nicht schadet. Verstehst du? Ich musste deinen Vater töten. Ich wollte es nicht, aber ich bin dazu erschaffen worden. Eine Tötungsmaschine. Ich bereue es zutiefst, aber nur so kann die Welt weiter existieren. Und jedes Mal, wenn ich dich ansehe, sehe ich ihn wieder sterben. Das ist das Este Mal, dass ich meine Tat bereue. Ich halte das nicht aus!"

Ich gehe auf ihn zu und scheuere ihm eine. Das scheint er nicht erwartet zu haben. Ich schnappe mir sein Messer und verschwinde wieder im Wald. Es wäre unfair von mir, ihn zu töten. Im Grunde hat er eine Mission mit guten Absichten dahinter. Aber es würde etwas bringen mich zu töten! Er braucht nicht mehr vor mir wegrennen. Die anderen Männer können ihre Energie für etwas anderes verbrauchen und ich kann meinen Vater wieder sehen.

Ich irre durch den Wald. Versuche den Weg zum Bahnhof zu finden. Wütend weinend stapfe ich durch die Gegend. Ich bin wütend auf mich, weil ich ihm nicht glauben kann. Wütend auf ihn, weil er meinen Vater getötet haben will. Wütend auf den Wald, weil er so fröhlich grün ist.

Ich kann es kaum fassen, als ich gegen Morgen den Bahnhof finde. Ich stelle fest, dass ich die Tasche mit dem Bild vergessen habe und ärgere mich darüber. Ich laufe zu dem toten Körper meines Vaters. Es stinkt bestialisch und Fliegen summen um ihn herum. Ich knie mich neben ihn.

„Papa!? Das mache ich, damit ich wieder bei euch sein kann. Das Leben hat keinen Sinn mehr!"

Ich küsse ihm auf die Stirn. Ich nehme in meine eine Hand seine und und der Anderen habe ich das Messer. Ich atme tief durch. Schließe die Augen. Versuche den Mut zu finden. Ich führe blind das Messer zu meiner Brust. Ich spüre seine Spitze durch das Kleid. Frieden breitet sich in mir aus. Ich entferne das Messer ein Stück von meinem Körper, bereite mich auf den Schmerz vor, der gleich meinen Körper einnehmen wird. Ich reiße die Augen auf, klammere mich an die kalte Hand meines Vaters. Ich lasse meinen Arm auf meinen Körper zuschnellen. Schreie. Aber ich rutsche ab und ramme mir das Messer in die Schulter. Ein Stechen. Ein Brennen. Mir wird übel. Ich keuche vor Schmerz. Mir wird schwindelig. Ich lege mich neben meinen Vater. Atme schwer. Das Messer steckt noch in meiner Schulter.

Ein verschwommenes Gesicht taucht vor mir auf. Ich sehe es an. Es redet mit mir. Ich verstehe es nicht. Was sagt es? Ein komisches Gefühl in der Schulter. Es wird weiter geredet. Die stimme hat einen beruhigenden Klang. Die verschwommene Person bewegt sich hin und her und machte etwas an meiner Schulter. Ein weiterer stechender Schmerz. So stark, dass mir schwarz vor Augen wird. Es brennt. Höllisch. Meine Schulter pocht. Dieser Jemand drückt dagegen. Meine Lider werden schwer. Ich rolle meinen Kopf nach links. Zur Schulter. Überall rot. Der Druck verstärkt sich. In meinem Magen dreht sich alles. Ich rolle meinen Kopf lieber zurück. Der Druck lässt kurz nach. Es fühlt sich kalt an. Dann verstärkt sich der Druck wieder und der Schwindel überwältigt mich kurz.

Ich spüre starke Arme, die mich halten. Unter meinem Rücken und unter meinen Beinen. Ich lehne seitlich an etwas, dass sowohl hart, als auch weich ist. Meine Schulter tut weh. Ich öffne meine Augen und die Welt um mich herum bewegt sich. Ich schließe sie lieber wieder. Ich werde vorsichtig abgesetzt. Ich spüre, dass etwas flauschiges um mich gelegt wird. Langsam lässt der Schmerz nach. Nach und nach kann ich mich auch wieder konzentrieren. Der Jemand hebt mich wieder hoch. Ich stelle fest, dass ich noch in dem Bahnhof bin. Auf dem schönen grünen Boden sind rotbraune Flecken. Nach einem Moment begreife ich dann auch, dass sie von mir stammen. Langsam und gleichmäßig wippen die Bilder vor meinen Augen auf und ab, während die grüne Landschaft an mir vorbei zieht. Benommen lehne ich mich gegen die Brust meines Retters. Wir kommen in den Wald. Obwohl die Sonne durch die Baumkronen verdeckt wird, wird mir immer wärmer. Meine Atmung geht schwer. Es wird dunkler. Richtig zu mir komme ich erst, als mein Jemand mich auf etwas hartes und kaltes legt. Ich sehe mich im Halbdunkel um. Meine Schulter ist verbunden. Ein Stock ist mit eingewickelt und drückt auf die Stelle, wo ich mir das Messer hinein gerammt habe. Ich will mich hinsetzen, aber sofort schießt wieder ein unglaublicher Schmerz durch den Körper. Was habe ich mir nur gedacht? Wir sind in einer Höhle. Ein Feuer erhellt das Dunkel. Ich drehe meinen Kopf. Suche nach dem Verursacher des Feuers. Es ist genau der, der mich in diese Situation gebracht hat. Als ich ihn ansehe, treten mir wieder Tränen in die Augen. „Ist es wirklich wahr? Hast du wirklich meinen Vater getötet?", will ich wissen. Er nickt traurig. „Oh", ist das alles, was mir dazu einfällt? Ein *Oh*? „Ich wollte es wirklich nicht. Es tut mir Leid." Er steht mit dem Rücken zu mir. Das Feuer wirft sein Licht an ihm vorbei. Dieser Schatten. Wunderschön. „Wie heißt du?", frage ich. „Hm?", kommt von ihm. „Alles gut?", ich will aufstehen, ihn in den Arm nehmen. Ihn drücken. Aufmuntern. Trösten. „Entschuldigung, ich habe geträumt!", sagt er: „Ich bin mit den Gedanken ganz wo anders!" „Na gut, aber kannst du mir trotzdem sagen, wie du heißt?", frage ich nach. Wenn er mir schon mein Leben gerettet hat, will ich wenigstens seinen Namen wissen. „Mars", antwortet er und setzt sich in eine dunkle Ecke. Sein Gesicht kann ich nicht mehr erkennen. Ich kann nur noch seine Präsenz spüren. Ich versuche mich so durch die Höhle zu robben, dass ich ihn zumindest sehen kann. Es tut weh. Ich ignoriere den Schmerz. Er lehnt gegen eine Wand. Seine Augen sind geschlossen. Mein Blick klebt an seinem Gesicht. Es wirkt durch das Licht bedrohlich, gruselig, geheimnisvoll, aber irgendwie auch verletzlich. Auch ich schließe meine Augen und versuche mich möglichst schmerzfrei und gemütlich zu positionieren.

Ich wache auf, weil ich friere. Die Decke und das Kleid kleben an meinem nassgeschwitzten Körper. Das Feuer muss irgendwann in der Nacht ausgegangen sein. Durch die Morgendämmerung ist die Höhle nur spärlich beleuchtet.

Ich spüre seinen Blick auf mir. Ich kann das Zittern leider nicht unterdrücken. Es soll aufhören! Ich will nicht, dass er mich für schwach oder verletzlich hält. Ich nehme eine Bewegung wahr. Seine Schritte kommen näher. Ich drehe meinen Kopf so, dass ich zu ihm sehen kann. Er kommt auf mich zu. Er legt sich neben mich und legt seinen Arm vorsichtig um mich. Ich spüre seine Körperwärme. Ich halte die Luft an, damit ich nicht weiter zittere. Er soll seinen Arm weg nehmen, doch das tut er nicht. Er drückt sich gegen mich. Es ist so schön warm und beruhigend. Ich lasse mich von der Nähe einlullen. „Danke", piepse ich. Als Antwort drückt er mich einmal kurz etwas fester.

Ich schlafe wieder ein. So fest, dass ich nicht bemerke, wie Mars mich alleine lässt. Mal wieder.

Ich richte mich auf. Ganz vorsichtig. Möglichst ohne meinen linken Arm zu bewegen. Ich ziehe meine Beine an und zittere. Ich will nicht schon wieder weinen. Aber ich kann es nicht zurück halten.

Ich vernehme ein Knacken und verstumme sofort. Ich starre zum Eingang. „Hey, alles wird gut. Wir schaffen das schon zusammen!" Er ist wieder da. Er kommt zu mir und tätschelt vorsichtig meine heile Schulter. „Ich habe uns etwas zur Stärkung besorgt.", über dem Feuer, dass er neu entzündet, macht er uns den Hasen, den er gefangen hat. Dazu essen wir ein paar Brombeeren. „Wie alt bist du?", fragt er mich. Ich zucke mit den Schultern. Sauge scharf die Luft ein, als der Schmerz kurz wieder kommt. „16?", antworte ich. Ich habe schon vor langer Zeit aufgehört zu zählen. Er nickt.

Nach dem Essen, hilft er mir hoch. Ich fühle mich total steif, als ich hin und her laufe. „Kann ich irgendwie helfen? Ich fühle mich so überflüssig." Er nickt und überlegt kurz. „Sammle doch bitte trockene Blätter und Stöcke. Vielleicht findest du ja auch noch ein paar Beeren. Tu die hier in den Lederbeutel. Aber entferne dich nicht zu sehr. Dein Körper ist geschwächt durch … na ja du weißt schon!" Also streunere ich ein wenig um die Höhle umher.

Ich sammle soviel ich mit einem Arm tragen kann, finde sogar ein paar Erdbeeren. Als ich den Haufen für groß genug befinde, drehe ich mich um und stehe vor einer Wand aus Bäumen. Verdammt! Wo bin ich her gekommen? Verzweiflung steigt in mir hoch. Warum das jetzt schon wieder? Ich seufze und laufe einfach darauf los. Zum Glück habe ich die richtige Richtung angesteuert und finde in wenigen Minuten die Höhle wieder. Mars ist gerade dabei die Haut des Kaninchens zu bearbeiten. Vielleicht hat er ja auch den Lederbeutel selbst gemacht? Ich bin froh jemanden gefunden zu haben, der auch außerhalb von den Tunneln überleben kann. Hoffentlich kann er sein Wissen mit mir Teilen, sodass ich bald auch jagen kann und er sich nicht alleine um unsere Versorgung kümmern muss. Ich lege die Stöcke und Blätter an eine Wand, wo sie nicht zufällig durch einen Funken entzündet werden können. Mir ist wieder so unglaublich heiß. Trotzdem setze ich mich an das knisternde Feuer. Er soll bloß nicht den Verdacht bekommen, dass es mir schlecht geht. „Ich gehe jagen! Pass du auf das Feuer auf. Bewege dich nicht zu viel. Die Körper braucht Ruhe!", damit geht er aus der Höhle. Ich laufe vor der Höhle hin und her und suche nach Feuerholz. Mein kleiner Haufen vergrößert sich weiter. Leider ist schon bald alles Holz vom Boden gesammelt und etwas von den Bäumen abreißen kommt nicht in Frage. Das sind auch Lebewesen und ich will auch nicht, dass man mir einen Arm abreißt, um damit Feuer zu machen. Also entferne ich mich ein wenig weiter. Ich finde zwei größere Äste, die ich nur mit Mühe zu Höhle geschleppt bekomme. Vor meinen Augen dreht sich alles. Ich schiebe die äste mit den Füßen zum Stapel und setze mich daneben. Schweiß rinnt mir über das Gesicht. Meine Atmung geht schwer. Mars kommt mit einem toten Tier in der Hand zurück. Mir wird plötzlich von dem Anblick schlecht. Ich springe auf und renne ins

Gebüsch, um mich dort zu übergeben. Dann dreht sich wirklich alles. Ich setzte mich auf den Boden und atme tief durch.

Sechs

Ich höre einen Zweig knacken. Kommt Mars jetzt zu mir? Bestimmt. Ich atme tief durch, schließe die Augen und versuche mich zu beruhigen. Meinen Körper in den Griff zu bekommen. „Rachel!"
Ich will mich gerade umdrehen, aber irgendetwas stört mich. Habe ich ihm meinen Namen verraten? Nein habe ich nicht...Mist! Dann ist das eines von den Arschlöchern, die mich jagen. Mist! Mist! Mist! Eine Hand packt mich am Arm und zieht mich nach oben. Ich schreie vor Schmerz. Mir wird schwarz vor den Augen, aber ich trete wie wild um mich. Und anscheinend treffe ich. Der Typ jault auf. Ich glaube, ich habe gut getroffen. Er lässt mich los.
Ich falle auf den Boden. Sofort rapple ich mich auf. Flüchtig sehe ich mich um. Es muss einer von diesen Typen gewesen sein. Er krümmt sich mit einem schmerzerfüllten Gesicht. Aber wo ist Mars?Ich stolpere weg von ihm. Durch die Bäume zurück in Richtung Höhle. Mir ist heiß. Zu heiß. Das Blut pocht in meinen Ohren. Im meiner Schulter. Ich komme nur langsam voran. Meine Beine machen schlapp. Wo ist Mars? Ich atme flach. Habe das Gefühl, es käme keine Luft in meiner Lunge an. „Mars?", keuche ich. Ich falle zu Boden. Zwei Füße tauchen in meinem Blickfeld auf. Hinter mir höre ich, dass mein Verfolger aufholt. Ich

spüre seine kühle Hand an meinem Kopf. Er hebt mich hoch und wirft mich unsanft über seine Schulter. Bringt mich in die Höhle und schnappt sich seinen Bogen und sein Messer und stürmt wieder raus.

Ich versuche zu atmen. Gleichmäßig. Es ist anstrengend, aber machbar. Mars kommt nach einer gefühlten Ewigkeit wieder. Er legt wieder seine Hand gegen meine Stirn. „Scheiße", vernehme ich seine Stimme: „Du hast jetzt Bettruhe! Du bewegst dich kein Stück, wenn ich es nicht erlaubt habe." Er wickelt mir Kühle Stoffstreifen um Arme und Beine und legt sie mir auf den Kopf. Er löst den Verband um meine Schulter, verschwindet und bindet ihn mir wieder um. Das geht tagelang so. Irgendwann wird mir klar, dass wir einen Bach oder so in der Nähe haben müssen, damit er mir die nassen Stoffstreifen umwickeln kann. „Kann ich mich waschen? Ich will nicht mehr in dem vollgeschwitzten Kleid herumliegen!", bitte ich ihn. „Erst, wenn ich dein Fieber in den Griff bekommen habe", er füttert mich mit Beeren. Ich mag nichts essen, aber zwingt mich. Und droht mir sonst nur noch Ratte zuzubereiten, also quäle ich mir die Früchte hinein.

Nach bestimmt einer Woche lächelt er mich an. Seine blauen Augen stahlen mich an. Er hilft mir hoch. Meine Schulter tut kaum noch weh und das Fieber ist weg. Ich fühle mich so fit, ich könnte einen Baum hochklettern. Aber ich bin trotzdem etwas wacklig auf den Beinen. Mars hilft mir zu einem kleinen See, nicht weit von unserem Unterschlupf. Ich bin so oft durch diesen Wald geirrt und habe ihn trotz allem nicht gefunden. Verrückt. „Schaffst du das alleine?", fragt er mich. Ich nicke.

Nachdem ich mich vergewissert habe, dass er mit dem Rücken zu mir auf einem Stein sitzt und nicht gucken kann, schäle ich mich aus meinem Kleid. Vorsichtig gehe ich nackt ins Wasser. Es ist kühl und erfrischend. Auch wenn der Boden komisch glibbert, will ich nie mehr heraus gehen. Nach einer Weile wird es doch recht kalt. Ich wickle mich in die Decke, die wir mitgenommen haben und wasche mein Kleid aus. Ich gehe zu Mars herüber und streiche ihm über den Rücken. Zusammen gehen wir wieder in die Höhle. Am Feuer trocknet der Verband und mein Kleid. Ich ziehe es wieder an, als Mars jagen ist. Ich kuschel mich in die Decke und warte darauf, dass er wieder kommt. Ich muss dabei eingeschlafen sein, denn ich werde von dem Geruch von gebratenem   Fleisch wach. Zum ersten Mal seit Ewigkeiten habe ich wieder Appetit.

Das Feuer knistert beruhigend. Ich fühle seine Hand an meinem Arm. Ich öffne die Augen und sehe in seine wunderschönen blauen Augen und muss Lächeln. „Ich habe mir überlegt, dass wir morgen weiter ziehen. Aber jetzt iss erst einmal etwas.", seine Stimme dringt sanft an mein Ohr. Als er seine Hand weg nimmt, durchläuft mich eine Welle der Trauer. Aber ich schlucke dieses Gefühl herunter. Er ist mein Beschützer. Mein Retter. Mehr nicht. Er empfindet nicht so, wie ich.

Es tut so gut etwas warmes in den Magen zu bekommen. Mars verschwindet wieder und kommt erst in der Dämmerung wieder. Ich habe die Zeit sinnvoll genutzt und ein paar Äpfel und Beeren gesammelt. Ich liege schon unter der Decke, mit dem Rücken zum Eingang. Ich spüre, dass er wieder da ist. Drehe mich um. Er steht einfach da. Mit der Tasche und dem Stab in der Hand und lächelt. Ich springe auf. Ich könnte ihn küssen! Stattdessen gehe ich ruhig zu ihm, nehme ihn in den Arm und hauche ein „Danke! Für einfach alles!" in die Umarmung. Er legt seine starken warmen Arme um mich. Er legt die Sachen in eine Ecke und wir legen uns gemeinsam unter die Decke. Es ist einfach wärmer so, wenn das Feuer aus geht. Das rede ich mir jeden Abend aufs neue ein. Ich kann jedes Mal kaum einschlafen.

Als ich in der Nacht aufwache, fehlt er. Mich überkommt das Gefühl, dass etwas nicht stimmt. Das Feuer ist fast erloschen. Eine kleine Flamme knistert noch bedrohlich vor sich hin. Sie verhindert, dass ich die Geräusche der Nacht hören kann. Aber irgendwas stimmt ganz und gar nicht. Ich halte den Atem an, konzentriere mich mit geschlossenen Augen ganz auf die Geräusche. Ich habe Angst nachzusehen. Letzten Endes sammele ich doch allen Mut zusammen, weil ich wirklich nichts hören kann. Langsam richte ich mich auf und schleiche durch die Höhle. Ich habe Angst, dass mich jemand sieht, aber die Sorge ist unberechtigt, denn die Höhle ist leer. Erleichtert sehe ich mich in ihr um. Alles ist noch da. Nur Mars fehlt. Und dann werde ich richtig unruhig. Mars fehlt, aber sein Bogen ist noch da. Was soll ich denn jetzt machen? Verzweifelt setze ich mich an die kleine Flamme. Starre hinein, wie er es immer tut. Vielleicht weiß ich dann, wo er hin ist. Innerhalb kürzester Zeit verliere ich jegliches Gefühl für die Umgebung. Es gibt nur noch mich und die Flamme und die dumpfen Geräusche, die von Stöhnen begleitet werden. Die Flamme tanzt weiter hypnotisierend. Moment. Dumpfe

Geräusche? Ich stehe auf und watschle mit steifen Beinen aus der Höhle hinaus. Die Geräusche werden deutlicher. Ich vernehme Stimmen. Im dunklen Wald kann ich zuerst nichts erkennen. Ich will weiter hinein, doch irgendwie habe ich Angst. Ich kann meinen Körper nicht dazu bewegen auf die Geräusche zuzugehen. Will ich wirklich wissen, was dort vor sich geht? Ich habe schon genug Menschen sterben sehen. Ich weiß nicht, ob ich einen weiteren verkrafte. Aber wenn Mars in Schwierigkeiten steckt, dann will ich es wissen! Ich gebe mir größte Mühe mich in Bewegung zu setzen. Ich steuere grob die Richtung an, aus der die Geräusche kommen. Mit jedem Schritt wir das Laufen leichter. Schon bald beginne ich zu rennen. Nach wenigen Sekunden schieße ich auf eine kleine Lichtung hinaus. Der Mond beleuchtet sie silbrig. Ich entdecke die Quelle des Lärms. Mars und ein Mann kämpfen mit Fäusten gegeneinander. Sie brüllen sich an und schleudern ihre Hände in schmerzhafte Regionen. Man kann nicht erkennen, wer der stärkere ist. Ich weiß nur, dass ich ihm helfen muss. Kurz überlege ich dazwischen zu springen, doch dann kommt meine Vernunft zurück und ich sprinte zurück zur Höhle und schnappe mir Bogen und Köcher. Ich renne zurück zur Lichtung. Stolpere aus dem Wald hinaus. So wie macht Mars das immer? Meine Hände zittern.

Der Mann taumelt rückwärts. Er steckt einen Schlag von Mars ein. Ich nehme einen Pfeil. Der Mann fängt sich und holt aus. Ich lege den Pfeil gegen die Sehne. Er schlägt Mars ins Gesicht. Mars taumelt und fällt. Ich spanne den Bogen. Der Mann habt ein Bein und tritt

Mars. Er rollt sich weg. Ich versuche den Pfeil still zu halten. Mars versucht weg zu krabbeln, doch der Mann tritt ihm die Arme weg. Mars landet mit dem Gesicht auf dem Boden. Ich werde nervös. Lasse den Pfeil los. Er saust unbemerkt an ihnen vorbei in die Dunkelheit. Verdammt. Der Mann tritt weiter auf Mars ein. Er stöhnt auf. Ich muss ihm helfen! „Stirb! Du wirst dafür büßen du Bastard! Du elendiger Drecksack!" schreit der Fremd und tritt weiter in Mars Bauch. Er stöhnt bei jedem Tritt. Er hat verlorenen. Er ist nicht mehr in der Lage sich zu wehren. Ich muss mich beeilen. Ich fummle einen weiteren Pfeil aus dem Köcher. Und lege ihn an die Sehne. Ich habe ihn schon so oft schießen sehen und trotzdem verstehe ich die Technik nicht. Mit der linken halte ich den Bogen fest. Mit der Rechten Pfeil und sehne. Ich versuche meinen Stand zu stabilisieren. Mich nicht von Mars Schmerzensschreien irritieren zu lassen. Dann schiebt er immer seine Schulter zurück. Ich versuche das auch. Ich versuche zu zielen. Hoffe, dass ich treffen werde. Augen zu und durch. Ich schließe idiotischer Weise die Augen und lasse den Pfeil los. Ich spüre, dass er durch meine Finger gleitet und höre ihn surren. Ein Schrei. Fluchen. Ich öffne die Augen. Der Mann geht neben Mars zu Boden. Ihm steckt der Pfeil in der Hüfte. Ich weiß nicht, ob ich mich bewegen kann. Die Angst um Mars schaltet meinen Kopf aus und ich renne die letzten Meter zu ihm herüber. Ich falle neben ihm auf die Knie. Neben ihm ist der Mann am Stöhnen. Ich schmeiße Bogen und Köcher zur Seite und taste seinen Körper ab. „Scheiße! Mars! Alles in Ordnung? Was frage ich eigentlich? Natürlich ist nicht alles in Ordnung! Was ist bloß passiert?" Meine Hände fahren unkoordiniert über seinen Körper, ohne, dass ich genau weiß, was ich da tue. Als ob ich irgendetwas damit bewirken könnte. Neben uns stöhnt der Mann. Mars hält meine Hand fest. „Alles in Ordnung!", sagt er mit schmerzverzerrtem Gesicht. Nein es geht ihm auf keinen Fall gut. Er will nur mich beruhigen. „Ganz ruhig. Es wird alles gut! Hilf mir nur hoch." Er streicht mir über den Arm. Ich zittere. Aber ich gebe mir größte Mühe mich zu beruhigen. Ich nicke und versuche ihn hoch zu ziehen. Er strengt sich an, nicht vor Schmerz zu stöhnen. , es gelingt ihm jedoch nicht. Ich ziehe ihn auf die Beine Er legt seinen Arm um mich und ich schleppe ihn in Richtung Höhle. Seinen Bogen und den Gegner lassen wie erst einmal liegen.

Als wir in der Höhle angekommen sind, lasse ich ihn auf den Boden gleiten. „Das wird wohl nichts, mit dem weiter ziehen!", scherze ich. Er lehnt sich gegen die Wand. In dem Moment, in dem sein Kopf gegen die Wand kommt, verzieht er das Gesicht. Aus seiner Nase läuft ein wenig Blut. Ich suche die Höhle nach den Stoffstreifen ab, die er mir um Arme und Beine gewickelt hatte. „In meinem Rucksack!", stöhnt er. Ich krame es aus seiner Tasche und reiche ihm einen. Er sieht mich an und ich nicke ihm zu. Er drückt seinen Stoffstreifen gegen die Nase und fängt das Blut auf.

Ich setze mich ihm gegenüber. Ich sehe ihn an. Am liebsten würde ich ihm die Schmerzen abnehmen. Die Stellen müssen bestimmt gekühlt werden, damit die Schwellungen nicht zu groß wurden. Aber ich weiß nicht wie. Ich kann ihn ja nicht einfach in den See schmeißen. „Kann ich dir den Schmerz irgendwie nehmen? Ich weiß nicht, wie … wie ist es überhaupt zu dem Kampf gekommen?"; will ich jetzt von ihm wissen. Er sieht zur Seite, wirkt bedrückt. Ich weiß, dass er letztens den Typen erschossen hat. Das braucht er mir nicht zu verheimlichen. „Hey, alles okay. Es ist doch gut ausgegangen!", ich rutsche zu ihm hinüber. Ich lege meine Hand auf seinen kräftigen Arm. Er zuckt ein wenig zusammen. Ich weiß nicht, ob aus Unbehagen oder aus Schmerz. Er sieht weiter weg. Seine Hand immer noch gegen seine Nase gedrückt.

Sieben

Ich nehme sein Gesicht ganz vorsichtig in die Hände und zwinge ihn mich anzusehen. „Mars! Was ist passiert?", beharre ich auf der Frage. Er sieht aus, als ob er gleich in Tränen ausbricht. „Er... er wollte...ich habe...", und da beginnt er tatsächlich zu weinen. „Ganz ruhig! Hey, es ist doch alles in Ordnung!", versuche ich ihn zu trösten. Ich bin nur leider mit der Situation total überfordert. Sonst bin ich diejenige, die Hilfe braucht. Ich will, dass seine Wunden gekühlt werden, dass er keine Schmerzen hat, dass er sich nicht so ärgert, weil er beinahe gegen den Mann verloren hat. Nicht, dass er denkt, er kann mich nicht mehr beschützen. Er ist mein Held. Er soll nicht weinen.
Ich streiche immer wieder über seinen Arm. Und immer wieder sage ich: „Es ist alles gut. Mars, alles gut..."
Plötzlich zieht er seinen Arm weg und wischt mit seinem Daumen über meine Wange. Ich habe nicht gemerkt, dass ich auch angefangen habe zu weinen. Schon wieder. Was

auch sonst? Er lächelt ein wenig und sagt: „Später. Ich werde es dir später erzählen."

Er blutet nicht mehr aus der Nase. Ich nicke und nehme ihm den Stoffstreifen ab. „Ich bringe dich jetzt zum See, dann kannst du deine Schwellungen kühlen und ich gehe deinen Bogen holen. Und wehe du ertrinkst!" Ich ziehe ihn wieder auf die Beine. Er legt seinen Arm um mich und wir gehen gemeinsam zum Wasser. Ich setze ihn am Rand ab und wasche eben den Streifen für ihn aus. Ich gebe ihn Mars und er nimmt ihn lächelnd an. Er bindet ihn um dem Kopf und macht sich daran sich auszuziehen. Ich drehe mich schnell um und laufe zurück zur Höhle und von dort aus zu Lichtung. Meine Beine tragen mich im Grunde von selbst. Ich brauche nicht denken und nicht lenken. Und schon bin ich wieder auf dem Schlachtfeld. Ich sehe mich um. Da liegt noch ein Haufen Mann. Der Pfeil steckt noch in ihm. Ist er tot? Ich will es gar nicht wissen. Ich laufe zu der Stelle, wo ich den Bogen und den Köcher hingeworfen habe und sammle es auf.

Ich spüre eine Bewegung hinter mir. Die Kälte, die von ihm ausgeht. Ein Schatten türmt sich auf. Im Halbdunkel hatte ich nicht sehen können, dass er nur dort gelegen hatte. Ich weiß, dass er hinter mir steht. Langsam drehe ich mich um. Den Bogen und den Köcher fest umklammert.

Ja da steht er nun. Der große Mann, dem ich einen Pfeil in die Hüftgegend geschossen habe. Der Mann, der Mars beinahe zu Tode geprügelt hat. Er schaut zu mir hinunter und lächelt böse. Ein Grinsen, wie das, von dem ich Alpträume gehabt habe. Ich stolpere rückwärts. Lande auf dem Hintern und krabble weiter zurück. Versuche den

Bogen nicht kaputt zu machen.

„Na Kleine!", ertönt seine grausig gemeine Stimme: „Jetzt hast du keinen Freund, der dich retten kann. Das hatte ich gehofft, dass du alleine im Dunkeln wieder kommst. Jetzt hast du niemanden, der auf dich aufpasst. Dein kleiner Freund konnte zwar einige meiner Freunde töten, aber ich bin nicht so leicht zu besiegen. Und da ich jetzt der Chef von unserer kleinen Truppe bin, gehörst du mir!", seine Stimme ist tief und bedrohlich. Er geht langsam hinter mir her. Als ich einen Baum im Rücken spüre, lacht er. „Das Versteckspiel ist vorbei, Rachel!" Ich spüre, dass es keinen Ausweg gibt. Ich bereite mich auf meinen Untergang vor. Doch da habe ich eine Idee. Ich drücke mich mir den Händen vom Baum ab und greife nach dem Pfeil. Ich reiße den Rest aus seiner Hüfte und Ramme ihn in seine Schulter. Nicht tief, aber weit genug, um ihn mit dem Schmerz abzulenken. Aus der Wunde an der Hüfte tritt Blut aus. Aber davon lasse ich mich nicht ablenken. Ich nehme mir einen Pfeil aus dem Köcher, spanne ihn in den Bogen und ziele auf das Herz. Ich lasse los und treffe zu meiner Überraschung. Er Schreit auf. Fällt zu Boden. Zuckt mit den Beinen. Mir wird schlecht. Ich habe gerade das Leben eines Menschen beendet.

Ich drehe mich um und flüchte mich in den Wald. Ich fliege förmlich über die Blätter, Äste und Steine. In kürzester Zeit bin ich in der Höhle. Mars ist noch nicht wieder da.

Acht

Ich lege den Bogen zu seinen übrigen Sachen. Ich sehe darauf hinab und stelle fest, dass ich vorhin ein kleines Gerät aus der Tasche gekickt habe. Ich hebe es auf. Es fühlt sich unnatürlich an. Kalt, aber nicht, wie ein Stein. Irgendwie anders. Falsch.

Es hat einen Knopf. Ich drücke darauf. Buchstaben erscheinen. A-u-f-n-a-h-m-e a-b-s-p-i-e-l-e-n? Ich drücke noch einmal auf den Knopf. Eine Stimme ertönt. Ähnlich der von Mars:

„Immanuel, mein Sohn, ich habe dir alles beigebracht, was du zum Überleben brauchst. Du hast deine Mission bereits von mir erhalten. Hilf den jungen Menschen, die die alte Welt nicht richtig miterlebt haben und töte all diejenigen, die falsche Normen haben. Ein harmonisches Miteinander ist die oberste Priorität. Ich weiß, es ist keine leichte Aufgabe, aber ich glaube an dich. Ich bin nicht stolz darauf, dich zu einem Kämpfer ausgebildet zu haben. Deine drei Schwestern habe ich auch ausgesandt, um in anderen Orten die neuen Städte, die ich eingerichtet habe, zu besiedeln. Mach deine Mutter und mich glücklich, auch wenn wir uns dem Regen entgegen gestellt haben. Lebe mein Sohn!"

Ich spüre, dass Mars in dem Eingang steht. Er geht auf mich zu und legt das Gerät in seine Tasche. Er hebt sie hoch, reicht mir meine und nimmt mich an der Hand. Er zieht mich hinaus aus der Höhle und sagt: „Komm mit. Ich zeige dir etwas." „Warte Ma- Immanuel! Ich möchte, dass du weißt, dass ich Lisa heiße." Er lächelt mich an und nickt. „Das weiß ich doch! Du hast mich angeschrien und gesagt du würdest nicht eher ruhen, bis du dich an mir gerächt hättest. Ich war da. In dem Baum. Ich dachte, du hättest mich gesehen. Und ich bin dir gefolgt, als du vor den Männern geflüchtet bist. Ich habe dir die Decke angeboten. Ich konnte die Augen kaum von dir lassen. Es tut mir so schrecklich Leid, dass ich nicht verhindern konnte, dass sie dich mit in das kleine Häuschen geschleppt haben, aber du hattest so geschickt zu getreten. Nicht nur du hast dich in mich verliebt. Es ist schon verrückt."

Er führt mich durch den Wald. Mehrere Tage lang. Und dann eines Tages hinaus auf eine Lichtung mit einem großen Hügel, in den ein Tor eingelassen ist.

Neun

Er führt mich durch die Tür. Wir stehen in einem kühlen dunklen Raum. Als er klatscht geht ein Licht an. Es ist ein weißer Flur. Auf der anderen Seite ist eine weitere Tür. Durch sie kommen wir in eine zweite Welt. Unterirdisch ist hier eine riesige grüne Wiese. Es wachsen vereinzelte Bäume mit rosa Blättern. Ein Fluss durchzieht das Bild. Ich werde wie magisch auf die Wiese gezogen. Ich ziehe meine Schuhe aus und laufe weiter. Wie auch immer die Sonne hier rein kommt, ist sie trotzdem warm. Das Gras kitzelt unter meinen Füßen. An dem Fluss steht ein kleines Haus. Ich habe kaum Augen dafür. Ich bin so fasziniert von der Landschaft. Es fehlen nur noch die Dinosaurier, von denen mein Vater mir immer erzählt hat, so unberührt und natürlich wirkt das alles. Ich drehe mich im Kreis. Die Arme weit ausgestreckt und lache. Immanuel kommt zu mir hinüber. Ich nehme ihn in den Arm und er wirbelt mich herum.

Als er aufhört, gibt er mir einen Kuss, dem viele weitere folgen...

...10 Jahre später...

Wir stehen am Fluss. Wie immer. Mittlerweile haben wir drei weitere Jugendliche gefunden und mit ihnen ein weiteres Haus errichtet. Es sind zwei Männer und eine Frau. Ich glaube Svea und John haben sich gefunden. So wie Immanuel und ich uns gefunden haben. Ich beobachte, wie unsere Kinder (4 und 6) auf der Wiese tollen. Ich lehne mich gegen meinen Freund. Er will wieder losziehen und mit Felix zusammen nach weiteren Jugendlichen suchen. Ich bleibe hier und passe auf unsere Rabauken auf. Ich liebe es hier.

Das Leben und Leiden des Gale Pamy

Stille. *Pfeif* Vollkommene Stille. *Pfeif* Sie drehten sich um. *Pfeif* Zu Gale. *Pfeif* Sahen ihn. *Pfeif* Er schaltete den Kamera-Modus aus. *Pfeif* Ergriff die Flucht *Pfeif* „Dieses scheiß Schwein! Haltet ihn auf!", schrie einer. *Fuck, fuck, fuck! Was mache ich jetzt? Polizei? Dauert zu lange,* *egal!* „Ja....Hallo!...Beweise...Mord...Maschsee...Hilfe!...Säule! " *Ob das einer verstanden hat? Scheiß drauf! Zum Maschsee!* Er lief. Er rannte. Hinter ihm die Anderen. Er bekam keine Luft. Sport war nie seines. *Links. Recht. Links. Rechts. Atmen! Atmen! Luft! Luft! Schritte. Kommen. Näher. Muss. Weg! Darf. Nicht. Anhalten! Muss. Schaffen. Wasser! Luft! Hilfe!*

Langsam kam Gale voran. Die Verfolger hinter ihm. Sie holten auf. Gleich würde er da sein. Aber sie auch. Da war er. Der See. Gale stolperte. Fiel. Die Männer hinter ihm. Die Männer bei ihm. Die Männer neben ihm. *Tritte. Kopf. Bauch. Rücken. Beine. Schritt. Kopf. Rücken. Kopf. Sirenen.* Mit diesen Gedanken wurde Gale bewusstlos.

In einem weißen Zimmer wurde er wieder wach. Es roch nach Desinfektionsmittel. Sein ganzer Körper schmerzte. Er war mit Bandagen mumifiziert worden und spürte nun am ganzen Körper diesen angenehmen Druck. Eine junge Schwester mit kurzen braunen Haaren und kräftiger Statue kam ins Zimmer. „Ah, Sie sind aufgewacht! Ich bin Schwester Anna. Wenn Sie Hilfe benötigen, drücken Sie hier den Knopf. Hier können Sie auch Ihr Bett einstellen. Sie haben ein paar Prellungen, einige sind auch etwas schlimmer, aber im Großen und Ganzen haben Sie Glück gehabt und es ist nichts weiter ernstes passiert. Ich hole Ihnen nun Ihr Mittag. Ihre Mutter war so freundlich und hat uns Ihren Plan ausgefüllt." Da klopfte es und eine zweite Frau betrat den Raum. Lange braune Haare mit silbernen Strähnen durchzogen. Ein leicht faltiges Gesicht. Sie trug wieder ihr Kleid in den erdigen tönen und eine fröhlich bunte Perlenkette. Ihre langen dünnen Finger die sich nach Gale streckten waren wieder mit allen Ringen bestetzt, die seine Mutter hatte finden können. Die Schwester verließ das Zimmer. „Oh Gale, Hase. Wo bist du da nur rein geraten?" Ihr Geruch nach Patchouli ergriff den ganzen Raum. Ja, wo war er da nur rein geraten? Dabei hatte alles so harmlos und normal angefangen.

Er hatte „Heavy Rain" gespielt. Er stand vor der letzten großen Entscheidung...
„Gale! Frühstück!", schrie Gales Mutter aus der Küche. Er speicherte das Spiel und schaltete den PC aus. Immer musste sie im falschen Moment stören. Aber er hatte die ganze Nacht vor seinem Bildschirm gesessen. Das Bett mit der blau karierten Bettwäsche war wieder einmal unberührt geblieben. Gleich müsste er zur Uni. Es war also nur fair, dass seine Mutter ihn daran erinnerte. Er rieb sich mit seinen Händen das Gesicht. Er brauchte jetzt Kaffee, einen starken Kaffee. Er stand von seinem schwarzen Bürostuhl auf und verließ das helle Zimmer, um in die Küche zu schlurfen.

Luisa las gerade ihr Lieblingsbuch. Einen Teil der

spannenden Fantasy Reihe *Game of Thrones*. Da hörte sie Stephan herum brüllen. *Ätzend dieser Typ, hält sich für etwas besseres, weil er sportlich ist. Hat sonst aber nichts im Kopf!* Da spürte sie jemanden neben sich an der kühlen weißen Wand. „Hi!", sagte eine männliche Stimme. Sie sah auf, ihm direkt in die dunklen begehrenden Augen. *Na toll! Was will der denn von mir? Widerlicher Mistkerl, kommandiert alles und jeden herum und sieht Frauen nur als Spielzeug. Kann der nicht bei seinem Beuteschema bleiben? Seit wann steht der denn auf Brille?* Sie wand ihren Blick wieder ihrem Buch zu. „Kann das so viel interessanter sein als ich?", fragte er. *Alles ist interessanter als er!* Mit einem Augenrollen nickte sie. Er murmelte etwas von verlorenes Kind. Luisa verstand es jedoch kaum. Energisch stieß er sich von der hohen Wand ab und verschwand in der Leibniz Universität. *Zum Glück versucht er es nicht nochmal!* Sie ließ den Blick über den beinahe leeren Flur schweifen. Nur ein etwas molligerer Mann hatte das Spektakel beobachtet, wandte sich jetzt ab und ging lächelnd weiter Richtung Ausgang. Luisa konzentrierte sich wieder auf den Text.

Gale Pamy schlenderte nichtsahnend durch den Gang an der Uni, als er von hinten angebrüllt wurde. „Junge, platz da!" Er sprang zur Seite. In den hohen Fluren hallten seine trotteligen Schritte. Er war so einen Ton gewöhnt. Viele hier gingen so mit ihm um. Da sah er eine Frau, die unauffällig an der Wand lehnte und ein Buch las. Er schob seine Brille nach oben. Leider hatte auch der andere Typ die Frau entdeckt. *War ja klar. Aber die ist eh eine Nummer zu hoch für mich. Dieser gute Körperbau und die Schulterlangen blonden Haare. Gleich verschwindet sie mit diesem sportlichen Arsch in der nächsten Nische. Aber was ist das? Sie gibt ihm einen Korb? Ein Glück hat er den bekommen und nicht ich. Noch einen hätte ich nicht vertragen.* Traurig grinsend ging er den Flur entlang, durch die Eingangshalle und hinein in das Treiben in Hannover. Er schlenderte zur Straßenbahnhaltestelle Universität, stieg in die 4 und fuhr nach Kröpcke. Als er noch klein war hatte er hier immer Angst gehabt. Es war dunkel und unterirdisch. Er dachte immer es könnte jeden Moment ein bewaffneter Mann hinter der nächsten Säule hervorspringen oder die Passanten würden sich in Zombies verwandeln und sein Fleisch wollen. Schon damals hatte er eine blühende Fantasie. Nun lief er mit Musik in den Kopfhörern durch die Gänge und beachtete die dunklen Gestalten nicht mehr. Er nahm die 2 zum Döhrener Turm. Die Bahn war nicht sonderlich voll, so konnte er auf einem der ungemütlichen braunen Plastiksitzen sitzen. Immer wieder gingen die Lichter an, wenn es zu dunkel wurde. Früher hatte ihn das fasziniert. Heute wusste er, was für eine Technik dahinter steckte und empfand es als nervig. Als er ausstieg, schallte aus seinen Kopfhörern Madsen „Du schreibst Geschichte", sein Lieblingslied. In seiner Tasche warteten sein Laptop im Standby Modus und ein einfaches Aufnahmegerät darauf benutzt zu werden. Eines Tages wollte er eine Firma für Computerspiele gründen und sammelte Ideen darauf, weil er zu gemütlich war, um alles per Stift und Zettel aufzuschreiben. Die Gefühle ließen sich so viel besser beschreiben.

Mit hängenden Schultern und wippendem Kopf watschelte er nach Hause in die Riepestraße. Schon im Treppenhaus roch er, das verbrannte Essen, das ankündigte, dass seine Mutter wieder früher Schluss gemacht hatte und nun versuchte gesund zu kochen. Er schlich sich in die chaotische Wohnung, legte seine Tasche im seinem stickigen Zimmer ab und ging mit dem Aufnahmegerät bewaffnet wieder nach draußen. „Inspiration sammeln". *Das wird eh nichts. Nachts geht es besser, aber ich will den geschmacklosen Fraß von Ma nicht essen. Ich hole mir einfach einen Döner und sage, ich hätte in der Uni gegessen.* Er setzte sich am Maschsee auf die Mauer und lies einfach die Beine baumeln. „*Protagonist: Ein Mann, Ende 30, liebt seine Frau, sie wird entführt, er muss sie retten, sonst stirbt sie, schafft es nicht, will Rache.*" Während er auf sein Aufnahmegerät sprach, beobachtete er die riesigen Fische, die im See lebten. Die Mauer unter ihm war von der Spatsommersonne erwärmt. Und das Wasser glitzerte durch die Sonne. Hinter ihm joggten die Leute vorbei, die taten, als würden sie regelmäßig trainieren. *Wie heißt es so schön? Sehen und gesehen werden? Immer dieser Gruppenzwang... Sport ist jetzt in Mode! Wie oft gehst du in der Woche laufen? Grässlich!*

Es war Abend geworden, als sie eine SMS bekam. Sie saß in ihrem blauen Zimmer auf einem Sitzsack und blätterte die aktuelle Run durch. Zunächst interessierte es sie nicht, aber das kleine Lämpchen, dass weiß blinkte, stachelte sie an. Es juckte iin ihren Fingern. Sie gab der Versuchung nach. „Romina hat sturmfrei, Party Samstag

Abend bei ihr. Kannst noch wen mitbringen", lautete der Inhalt der Nachricht. *Romina? Romina? Ach ist das nicht die eingebildete mit den roten Haaren aus meinen Kursen? Die studiert doch nur Sozialwissenschaften doch nur um sagen zu können, sie sei sozial, nicht um wirklich zu helfen. Aber ich sollte da hingehen. Mal wieder unter Leute in meinem Alter kommen. Ich kann ja nicht immer nur an die Schwachen denken.*

„Romina hat sturmfrei, Party Samstag Abend bei ihr. Kannst noch wen mitbringen" zeigte das Display von Gales Handy an. Der SMS nach hatte es mindestens einen Tag gedauert, bis sie bei ihm angekommen war. Das zeigte wiedereinmal deutlich seine Position in der Rangliste. Er hatte keine Ahnung, wo Romina Sapulet wohnte, tippte also schnell ihren Namen bei Facebook ein und fand es heraus. Zurück auf seiner Startseite starrte er sein Profilbild an. Er war „kräftig gebaut", hatte langes, dunkles Haar, einen Drei-Tage bis Drei-Wochen-Bart. In diesem Fall war er rasiert. Wie immer trug er auch auf dem Bild ein schwarzes T-Shirt mit einem witzigen Spruch, der Eindeutig auf seine Leidenschaft anspielte: Computerspiele! Auf diesem Bild war ein schwarzer Drache darauf und ein Schriftzug *Fus Ro Dah*. Er lächelte. Ja der Schrei für unerbittliche Macht! Das könnte er gut gebrauchen. Er könnte seine Eltern wieder vereinen, sich gegen Stephan wehren und die Welt retten. Leider hatte er die Möglichkeit nur in der virtuellen Welt. Na ja zumindest am Ende. Gale sah auf die Uhr. 19:02 zeigte das Display an. In einer Stunde wollte er sich für die Party fertig machen. *Es lohnt sich nicht früher hin zu gehen. Da wird eh noch keiner da sein. Jetzt erst einmal eine Stunde ablenken...*

Luisa stand vor dem Spiegel in dem weißen Badezimmer. Sie kämmte ein letztes Mal ihre Haare. Sie kontrollierte ein letztes Mal ihr Make-up. Sie strich ein letztes Mal ihr pinkes Kleid glatt. Luisa hoffte heute einen Seelenverwandten kennen zu lernen. Die Wahrscheinlichkeit wurde mit jeder Party geringer, aber sie gab die Hoffnung nicht auf. Wenn selbst Idioten wie Stephan auf sie aufmerksam wurden, konnte sie auch den Richtigen finden. Sie musste nur mit offenen Augen durch die Welt laufen. Sie schnappte sich ihren Schlüssel und ihre schwarze Handtasche mit den pinken Flamingos und verließ das Studentenwohnheim.

Gale stand vor dem Spiegel im Flur und starrte sein Gegenüber an. *Okay so kann ich wirklich nicht zu der Party gehen. Vielleicht sollte ich mich doch mal wieder rasieren.* Er fuhr mit der Hand über seinen Bart. *Und eine Dusche könnte meinen Haaren und mir auch nicht schaden. Mit diesem Mief finde ich nie die passende Frau! Na ja die Brille macht eh alles kaputt! Vielleicht hätte ich eine Chance, wenn die Mädels voll genug sind, aber bis drei halte ich das auf keinen Fall aus. Da zocke ich lieber eine Runde „Skyrim" oder „Heavy Rain". Aber ich muss da hin, sonst sterbe ich einsam. Irgendwann brauche auch ich Connections. Ich will eines Tages auch Frau und Kinder haben. Drei. Zwei Jungs und ein Mädchen. Und wer weiß, was es da heute so für interessante Leute sind? Wahrscheinlich hauptsächlich betrunkene, notgeile Idioten vielleicht aber auch mal wer nettes zum Unterhalten. Ich werde wohl so wie so niemanden Ansprechen. Was sollte ich auch sagen? Hey! Ich bin ein einsamer Informatikstudent, Scheidungskind und habe Angst davor alle Beziehungen kaputt zu machen und lasse deswegen niemanden an mich ran? Da lasse ich schön bleiben! In den Vorlesungen kann man sich zumindest noch über die Projekte unterhalten, aber da?... Hoffentlich gibt es wenigstens was vernünfitges zu Knabbern!* Er klopfte sich auf seinen zu groß geratenen Bauch, schob die Brille auf seiner Nase hoch und watschelte aus dem Flur ins Badezimmer, um sich doch noch zu rasieren und sich unter die Dusche zu stellen. Das T-Shirt mit einer grünen Röhre und dem Text *Mamma Mia* darauf wollte er gleich wieder anziehen, ließ es also auf dem Toilettendeckel liegen.

Auf der Party angekommen sah sie sich um. Die Musik war für Luisas Geschmack zu laut, die Luft zu stickig und zu viele Leute auf zu wenig Raum. Dabei war das Wohnzimmer schon recht groß. Sie durchkämmte die springende Masse. *Das kann man doch nicht tanzen nennen!* Stephan und seine Gefolgsleute waren auch da. Auf deren Brust wippte eine silberne Kette mit einem eckigen „R" als Anhänger. *Seltsamer Modetrend, aber ich verstehe davon doch sowieso nichts.* Sie spürte Blicke in ihrem Rücken. Von alles Seiten wurde sie von betrunkenen schwitzenden Körpern angerempelt. Ein langer dünner Typ kam auf sie zu. Er trug auch diese Kette. Sie war der Meinung er würde T-Bone genannt werden. Knochendürr war er ja. Und nun tanzte er sie an.

Sie drehte sich um und versuchte weg zu kommen.

In der Küche angelangt wurde die Musik zumindest etwas leiser. Überall lagen Bierdosen herum. Einige von ihnen nicht einmal leer. Sie verabscheute den Gestank von Bier. Am Fenster lehnte ein junger Mann. Das Fenster war auf Kipp und ließ zumindest etwas Luft in die stickige Wohnung. Er war etwas kräftiger und mit einem schwarzen T-Shirt mit lustiger zweideutiger Anspielung. Er wippte unbeholfen mit dem Kopf. Sein Blick war auf den Boden gerichtet. Seine braunen Augen konzentriert auf etwas für Luisa unsichtbares gerichtet. *Den habe ich doch irgendwo schon einmal gesehen..Leidet er nicht immer unter Stephan? Wie kann ich ihn denn jetzt anquatschen? Der scheint mir sympathischer zu sein, als die Horde betrunkener Affen im Rest der Wohnung.* Sie überlegte. Letzten Endes fiel ihr Blick wieder auf das lustige T-Shirt. „Ich mag dein Shirt!", sprach sie ihn letzten Endes an.

Gale stand in der Küche. Es war warm. Die Musik die lief entsprach nicht ganz seinem Geschmack, aber immerhin hatte sie einen Takt, mit dem man was anfangen konnte. Gedankenverloren starrte er auf den Boden. Sein Kopf bewegte sich auf und nieder.Eigentlich wollte er sich in die Masse stürzen und mittanzen, aber Gale hatte es noch nicht geschafft auch seine Beine davon zu überzeugen. Er kickte eine halbleere Bierdose weg. Mit einem scheppern rollte sie in Richtung Wohnzimmer. Das Bier lief dabei aus und hinterließ eine klebrige Spur auf dem Boden. Er lehnte sich am Fenster an. Dort kam ein wenig kühle Spätsommernachtluft hinein. *Gleich werde ich mit tanzen! Jemanden antanzen. Leute kennen lernen! Auf drei! Eins, zwei, zweieinhalb... Ich kann nicht. Wenn die mich doch wieder nur auslachen!?* Jemand betrat den Raum. Er traute sich nicht aufzusehen. Fixierte eine Dose. *Unauffällig bleiben. Gar nicht anmerken lassen, dass ich weiß, dass jemand da ist!* „Ich mag dein Shirt!", sagte eine liebliche Stimme. Gale sah auf. Verlegen grinste er. *Scheiße, ich glaube ich spinne! Das ist doch die Süße aus dem Gang mit dem Buch! Das ist nicht meine Liga! Ganz und gar nicht meine Liga! Und sie findet auch noch mein Shirt gut? Das kann nicht sein. Ich kann es nicht fassen! Oh nein, ich fange schon das Pfeifen an.* Immer, wenn er Panik hatte, pfiff er beim einatmen. Er verfluchte sich dafür Angst vor Beziehungen oder viel mehr deren Ende zu haben. *Hoffentlich ist die Musik laut genug, sodass sie das nicht hören kann!* „Danke! Ähm... Hey, hast du nicht letztens Game of Thrones in der Uni gelesen? Super Story, manchmal ein bisschen zu viel Sex, aber ansonsten super!", stammelte er ungeschickt. „Ja finde ich auch! Willst du tanzen? Zum Reden ist es zu laut!" Ihm klappte der Mund auf. Es dauerte einen Moment, bis er es bemerkte und antwortete erst zu spät, um eine seiner Ansicht nach peinliche Situation zu verhindern: „Ja!" *Ich habe gerade mehr Glück als Verstand!* Das Pfeifen wurde lauter. Dann nahm sie seine Hand und zog ihn aus der Küche ins Wohnzimmer und begann zu tanzen. Gale war mit der Situation überfordert. Vorsichtig bewegte auch er sich zur Musik. Das Pfeifen beim Atmen lies langsam nach. Für ihn gab es nur noch sie. Die anderen Leute um ihn herum verschwanden aus seiner Wahrnehmung. Und als sie seine Hände nahm und so mit ihm weiter tanzte verschwand auch der Rest der Wohnung. Nach drei oder vier Songs beugte sie sich zu ihm rüber. Schlagartig war das Pfeifen wieder da. „Ich geh mir kurz die Nase pudern! Bin gleich wieder da!", schrie sie ihm über die Musik hinweg ins Ohr. Sie ließ seine Hände los, zwinkerte mit dem rechten wunderschönen blauen Auge und verschwand in der Masse. *Ich hätte nicht gedacht, dass verlieben so schnell geht!*

Als Luisa von der Toilette kam, kam ein junger Mann auf sie zu. Er war groß und dünn. Der selbe wie vorhin. Er grinste. Sie blieb stehen. Wusste nicht, was sie machen sollte. Er war auf einmal so nah. Stütze sich mit der rechten Hand am Türrahmen ab und hauchte ihr mit seiner Fahne etwas ins Gesicht. Sie verstand nicht. Es war zu laut. Er schaute ihr von oben hinab in die Augen. Sie waren braun. Und kalt. Seltene Kombination. Sie spürte seine linke Hand in ihrem Gesicht. Heiß und schwitzend auf ihrer Wange. Sie wusste nicht, was sie tun sollte. Plötzlich beugte er sich zu ihr runter und drückte seine Lippen auf ihre. Sie wollte zurück weichen, doch er hielt sie fest an sich gedrückt. Er schmeckte scheußlich. Sie wollte ihn weg drücken. Bekam Angst. Er war stärker. Er ließ sie gehen. Ihr wurde komisch. Alles begann sich zu drehen.

Als die Frau mit dem pinken Kleid und der lustigen Handtasche im Flur verschwunden war, drehte sich eine Rothaarige um. „Hast du die mit hierher eingeladen? Ich will diese Schlampe hier nicht haben! Macht einen auf unnahbar und schnappt sich dann einen Idioten wie dich?! Bring sie hier raus!" Gale erkannte sie. Romina warf ihre Haare nach hinten. „Ich weiß nicht mal, wie sie heißt! Und ich weiß auch nicht, was dein Problem ist! Ich hab sie in der Küche zum ersten Mal getroffen!", flunkerte er. Das Pfeifen wurde heftiger. Zum Glück war die Musik so ohrenbetäubend, dass sie es nicht hören konnte. *Frauen sind wie Tiere, sie spüren, wenn man Angst hat! Bleib cool, man!* „Wie du weißt nicht wer Luisa ist? Dann gebe ich dir einen gut gemeinten Rat, Nerd! Sie spielt mit den Gefühlen anderer. Sie hat den armen kleinen heißen Stephan eiskalt abserviert. Er hat sie total romantisch nach einem Date gefragt und sie hat ihn ausgelacht! Hat er mir erzählt! Also halte dich fern von ihr! Wenn du nicht auch abserviert werden willst. So: Ich habe schon viel zu viele Worte mit einem Loser geredet, nachher steckt das noch an!" Mit geweiteten Pupillen huschte ihr Blick durch den Raum. *Wahrscheinlich sucht sie nach ihrem ach so geliebten Stephan. Soll sie doch zu ihm gehen, diesem Lügner! Luisa heißt sie also. Schöner Name!* Er tanzte weiter. Beruhigte sich.

Luisa saß auf einem Stuhl, als sie zu sich kam. Sie konnte sich an kaum was erinnern. Sie wollte wieder zu dem jungen Mann, mit dem sie getanzt hatte, aber irgendwer hatte ihr einen Strich durch die Rechnung gemacht. An einen langen dünnen Jemand, meinte sie sich zu erinnern. Es war kalt und dunkel. Sie war draußen! Wie war sie dort hin gekommen? Luisa wollte sich den Kopf reiben, aber sie war gefesselt. Ein Stück Stoff trocknete ihren

Mund aus. Sie bekam Angst. *Was geht hier ab? Scheiße, ich will hier weg! Wäre ich doch nie auf die Party gegangen! Hilfe! HILFE!* Sie hatte zu viel Angst, als das sie hätte schreien können. Mehrere dunkle Gestalten standen um sie herum. Eine drehte sich zu ihr um. Sie ging auf Luisa zu. Etwas glänzte im Licht des Mondes. Eine Kirchturmglocke schlug: 12... Stille Tränen rannen über ihr Gesicht. 11... Etwas wurde auf ihre Nase gedrückt. 10...Ein Schmerz auf ihrer Brust ließ sie die Augen zusammen kneifen 9... *Jetzt ist es vorbei! Alles zu Ende. Ich kann nicht fassen, dass es so zu Ende geht. Mama, Papa, ich liebe euch!* 8... *Ich glaube der Typ heute wäre der Richtige gewesen! Aber jetzt werde ich es nie herausfinden. Ich kenne nicht einmal seinen Namen!* 7... Etwas kühles lief ihr in den Ausschnitt. 6... Es wurde schwer auf ihren Beinen. 5... Jemand saß auf ihr. Hauchte ihr ins Ohr. 4... „Jetzt bist du mein!" 3... Er küsste sie am Hals. 2... Er küsste sie auf den Mund. Löste den Knebel. Küsste sie weiter und weiter und weiter 1...Sie bekam keine Luft mehr...

Es war schon 00:00. Seit einer Stunde war Luisa im Bad verschwunden. Es hatte keinen Sinn mehr. Sie hatte ihn sitzen gelassen. *War ja klar. Das ich wirklich geglaubt hatte, sie würde wieder kommen! Hatte Romina wohl recht. Als ob ich bei einer landen könnte, die einen trainierten Typen, wie Stephan abweist.Sie hat eh was besseres, als mich Idioten verdient.* Er schob seine Brille zurecht. Niedergeschlagen schlurfte er durch die Wohnung. Es hatte keinen Sinn mehr hier zu bleiben. Seine Augen suchten ein letztes Mal die Menge nach dem pinken Kleid und der lustigen Tasche ab. Aber Beides war nirgends zu sehen. *Sie ist nirgends zu sehen? Vielleicht hat sie die Party unfreiwillig verlassen?* Er stürmte aus dem Haus. Mit suchenden Blicken sah er sich um. Die Marienstraße wirkte wie leer gefegt. Totale Stille. Hannover im gefrorenen zustand. Kein Auto. Kein Mensch. Kein Tier. Er rief ihren Namen und rannte in Richtung Süden zum Maschsee. Gedanken strömten auf ihn ein. Er zog sein Aufnahmegerät aus seiner Hosentasche: *„Eine Verfolgung in der Nacht. Die Straßen sind dunkel. Leer. Kaum beleuchtet. Ein kleiner heller Lichtpegel wechselt sich mit der Dunkelheit ab.* Luisa? Luisa? Wo bist du? *Alle Autos stehen. Nichts regt sich. Nur der eigene Atem ist zu hören. Schritte hinter dem Protagonisten!* Luisa? *Flaches Atmen... kühler Wind... Das Platschen der Füße auf dem Asphalt. Sirenen im Hintergrund...* Luisa? *Eine Laterne flackert.* Luisa? Wo bist du? Scheiße man! Sie kann überall sein!"

Völlig außer Atem kommt er am See an. Legt seine Hand auf die kalte Mauer. Seine andere drückt er gegen die Brust. *Luft! Luft!* Das Wasser plätschert beruhigend. *Nein, ihr ist bestimmt nichts passiert. Meine Fantasie brennt wieder mit mir durch. Ich frage sie Montag in der Uni einfach. Also, wenn ich sie sehe. Oder vielleicht auch nicht! Mal sehen.* Er setzte sich wieder einmal auf die kalte Mauer und ließ die Beine Baumeln. Die Luft war noch warm vom heißen Tag. Große, schwarze Schatten schwammen unter ihm. Er schaute in Richtung der Säule, die westlich von ihm lag. Eine Gruppe schwarzer Gestalten lief dort herum. Sie standen um etwas am Wasser herum. Gale sah auf die Uhr. 00:30 *Wenn ich mich beeile bin ich in 20 bis 30 Minuten zu Hause. Dann schaffe ich es vielleicht bis um halb zwei ins Bett.*

Einige Zeit später starrte Gale seine Zimmerdecke an. *Was, wenn doch etwas passiert war? Sie wirkte auf mich nicht wie eine, die einen ohne Begründung sitzen lässt. Andererseits kennt Romina sie. Zumindest mehr als ich.* Er drehte sich auf die Seite. *Luisa hat schließlich auch Stephan abblitzen lassen, wenn auch anders, als Romina es mir erzählt hat. Ich habe es ja miterlebt. Vielleicht hat er sie auch ein zweites Mal angemacht. Obwohl ich mir nicht vorstellen kann, dass er so dämlich ist.* Er seufzte. *Das hat doch alles keinen Sinn. Sie hat mich sitzen lassen und ich muss damit klar kommen. Ich habe sie genauso vergrault, wie meinen Vater. Ich habe ein Talent dafür die Menschen zu vertreiben, die mir etwas bedeuten. Was mache ich mir eigentlich vor?* Über all die Grübeleien musste er eingeschlafen sein, denn er sah nun ständig Stephans Gesicht vor sich, wie er sich zu einem blonden Mädchen beugte und sie küsste, sie drückte und dann zerdrückte. Die Blondine löste sich in Luft auf. Stephan lachte und wandte sich zur nächsten Frau um.

Ich halte das nicht mehr aus! Mit diesem Gedanken wurde Gale wach. Er sah auf seinen Wecker. 05:58. Er stöhnte und ließ sich zurück auf sein Kissen fallen. Er brauchte jetzt Luft. Ganz dringend. *Was hat Luisa mir angetan? Normal würde ich jetzt vor den PC sitzen und „Heavy Rain" spielen, aber nein, ich braue jetzt Luft!* Er atmete noch einmal tief ein und aus und setzte sich dann auf.

Etwa zwanzig Minuten später watschelte er die

Riepestraße herunter. Es war schon beinahe hell. Die kühle Morgenluft befreite seinen Kopf. Er überquerte das Rudolf-von-Bennigsen-Ufer und war schon wieder am Maschsee. Dieser Ort zog ihn scheinbar in den letzten Tagen magisch an. Gedankenversunken starrte er auf das Wasser. Es glitzerte verspielt. Um ihn herum war noch nichts los. *Natürlich nicht, es war Sonntag Morgen gegen 6, wer ist da schon wach?* Etwa um sieben hatte er die große sandfarbene Säule mit den Erklärungen über die Geschichte des Sees erreicht. Er wollte gerade umdrehen - er konnte nicht an dem Geländer entlang gehen, an dem all die Pärchen ihre Liebe mithilfe eines Schlosses verankert hatten - da sah er eine Frau, die dort lag. Ihre Füße im Wasser und mit dem Gesicht nach unten. Sie trug ein pinkes Kleid, wie Luisa. Sie hatte blonde Haare, wie Luisa. Sie war zierlich gebaut, wie Luisa. Gale rutschte das Herz in die Hose. Langsam ging er auf sie zu. „Luisa?" Keine Reaktion. Er kniete sich nieder. Berührte sie an der Schulter. „Luisa?" Keine Reaktion. Er rüttelte an ihr. Keine Reaktion. *Scheiße!* An der Schulter und Knie drehte er sie herum. Sie war steif wie ein Brett. Als Gale die Frau auf den Rücken gedreht hatte, bestand kein Zweifel mehr. Es war die Frau, in die er sich verliebt hatte. Er starrte den leblosen Körper an. Blaue Flecken im Gesicht, an den Beinen und im Ausschnitt. Sie war kalt und tot. Sie war Tot!

Oh verdammt! Was geht hier ab? Bin ich wach? Das kann doch nicht wahr sein!? Ich träume doch bestimmt noch! Bitte lass mich das alles nur träumen!

Aber er träumte nicht. Gale war wie gelähmt. Er konnte es nicht fassen. Als er seinen Blick von ihrem hübschen

Gesicht losreißen konnte, bemerkte er etwas anderes. *Was ist das? Hat da jemand etwas in ihren Ausschnitt geritzt?* „RS" leuchteten die roten Buchstaben im Kontrast zu ihrer nun weißen Haut. *RS? Wie Romina Sapulet? Naheliegend...* Mit zitternden Händen zog er sein Handy hervor. Er wählte die Nummer der Polizei. Er sagte mit brüchiger Stimme, wo er war, wer da vor ihm lag und vor allem wie. Er zitterte vor Wut. Vor Trauer. Weil ihm auf einmal fröstelte.

Nach einer halben Stunde traf die Polizei ein. Gale hatte sich nicht vom Fleck gerührt. Er wurde in eine Decke gehüllt. Sie stellten ihm Fragen, wann er sie gefunden hatte, was er getan hatte, ob er sie kannte und wie lange...Er antwortete in Einwortsätzen. Er wurde von der Polizei nach Hause gebracht. In seinem Zimmer saß er zuerst still da, wippte ein wenig hin und her. Vor und zurück. Doch dann setzte er sich an den PC und spielte „Heavy Rain" weiter. Er rettete seinen Sohn, starb nicht am Gift, kam mit der Journalistin zusammen und es gab ein Happy End. Dann endlich brach Gale in die befreienden Tränen aus. Sie rannen über seine Wangen. Kalt. Nass. Er fühlte sich leer.

Da war er rein geraten. In einen Mordfall. Er sah seine Mutter an. Konnte er ihr es erzählen, oder würde sie dann total kaputt gehen? Es war ja schon schlimm genug, dass sie noch unter der Scheidung litt. Und nun fabrizierte er, ihr Sohn, der sich für die Scheidung verantwortlich machte, so einen Mist. Gale holte tief Luft. Es schmerzte so tief zu atmen, aber er ließ sich nicht beirren und erzählte seiner Mutter alles. Bis hin zu dem Moment, in

dem er Luisa gefunden hatte. Seine Mutter saß still in dem weißen Zimmer. Ihre grünen Augen ruhten auf ihm. Sie forderten ihn auf weiter zu sprechen, auch wenn es ihm nicht leicht fiel. Als er endete, sah er, dass Tränen in ihren Augen waren. „Mein armer kleiner Junge. Warum hast du mir nicht früher davon erzählt?" Ihre Stimme war brüchig. Er schaute sie nicht an. Starrte auf sein weißes Bettlacken. Und das war noch lange nicht alles gewesen. Es klopfte erneut an die Tür. Gale sah auf. Ein Mann in Uniform trat ein. Es dauerte einen Moment, bis der Patient erkannte, dass es sich um einen Polizisten handelte. „guten Tag! Schön, dass Sie wach sind. Ich weiß, dass es viel verlangt sind, aber können Sie uns erzählen, wie es zu dieser Prügelei gekommen ist? Wir haben die anderen Männer zwar fangen können, aber möchten schon gerne ein Bild über die ganze Situation bekommen. Also wären Sie so freundlich?"
Gale bekam einen Klumpen im Hals. Er schluckte. Der Klumpen blieb. Er räusperte sich und hatte Angst, dass seine Stimme versagte.

An dem Morgen, nachdem er die Leiche gefunden hatte, sprach Gale einige Leute in der Uni an. „Hi, du warst doch Samstag auch auf der Party, oder? Hast du zufällig gesehen, wer mit Luisa gegangen ist?" Er erntete vor allem Kopfschütteln und Schulterzucken. Ein schmaler, langer Typ, der eine seltsame Kette mit einem „R" als Anhänger hatte meinte: „Ich dachte, ich hätte sie mit dir gesehen! Hat sie dich sitzen lassen?" Dann lachte er. Eine Blondine mit langen dünnen Beinen kam dazu. „Was unterhältst du dich mit dem Loser, Tommy?" Damit war die Unterhaltung beendet. Gale schob seine Brille hoch Eine jüngere Studentin meinte gesehen zu haben, dass dieser T-Bone sie vor dem Bad angeflirtet und einen Drink gegeben hätte und sie gemeinsam die Party verlassen hätten. Eine andere Studentin sagte allerdings: „Nein. Tom hat eine feste Freundin, die ist auch blond. Kann sein, dass er mit ihr an einen ruhigeren Ort verschwunden ist." *Erscheint mir logisch. Und wer weiß, ob die andere Studentin nicht zu dicht war, um Luisa noch klar zu erkennen.*

Nach seiner letzten Vorlesung kam jemand ganz anderes auf ihn zugestürmt. Es klatschte und Gales Wange fühlte sich heiß an. „Au!", schrie er auf. Dann bemerkte er, wer ihm eine verpasst hatte. Romina. Sie fing an ihn anzukeifen: „Was fällt dir ein? Ich gebe dir noch den Tipp dich von Luisa fern zu halten und dann rennst du zur Polizei und schwärzt mich an? Als ob ich meine Party verlassen würde, um dieses Miststück umzulegen! Da habe ich wirklich besseres zu tun!" Gale zuckte mit den Schultern. *Scheinbar doch nicht so naheliegend.* „Dachte du hättest dich an ihr rächen wollen, weil dein geliebter Stephan nicht bei ihr landen konnte und deswegen unglücklich war. Und da über ihre Brust RS geritzt worden war, vermutete ich, dass du es warst." „Tja, weil dieses miese Flittchen Stephan einen Korb gegeben hat, konnte ich jetzt bei ihm landen. Was schert es mich denn, ob sie tot ist? Ich habe den ganzen Abend auf den richtigen Moment gewartet und als er von draußen wieder rein kam, war es endlich soweit! Was interessiert mich jetzt noch das Miststück?" Sie warf ihre Haare nach hinten und wollte gehen! „Warte, du meintest, als er von draußen wieder rein kam, konntest du bei ihm landen! Wann war das?", rief Gale ihr hinterher. „Scheiße man! Ich war betrunken! So um halb eins? Und jetzt hör auf mir dumme Fragen zu stellen du Nerd! Geh zurück an deinen PC. Der verlässt dich wenigstens nicht!", damit ging sie endgültig weg. Er drückte mit seinem Finger auf den Steg der Brille und rückte sie zurecht. *Um halb eins war ich am See und habe die dunklen Gestalten gesehen. Suche ich vielleicht eine ganze Gruppe? Dann wurde Luisa vielleicht von denen dort umgebracht. Oder aber erst später von wem anders? Ist sie überhaupt dort gestorben?*

Als er so über den Flur lief, wurde er von hinten angebrüllt. „Platz da! Ich will da lang!" *Der schon wieder!* „He, Stephan warte mal!", rief Gale ihm zu. „Ich rede nicht mit Nerds!", antwortete er. „Hast du gerade!" Das war ihm so raus gerutscht. Stephan drehte sich langsam um. Gale fing das pfeifen an. „Hör mal, Schweinchen, wenn du noch einmal in so einem Ton mit mir redest, wirst du dein blaues Wunder erleben! Kapiert?" Gale nickte. Heftig. Dabei stellte er fest, dass auch Stephan diese Kette trug. „Ich...Ich wollte nur...nur wissen, warum du...zwischendurch draußen warst...auf der Party...am Samstag...bei Romina!?", brachte er heraus. Stephan griff an Gales Kragen. „Das interessiert dich einen Scheiß! Und wenn du irgendwas andeuten willst. Denkst du wirklich ich würde so einem heißen Teil wie Luisa was antun? Diesem verlorenen Mädchen? Dass sie sich mit dir abgibt, obwohl sie mich haben könnte! Ich weiß von dem Mord! Meine Freundin wurde gestern morgen wegen dir verhört und ich gleich mit. Also halt die Schnauze! Und überlass' das Ermitteln den unfähigen Bullen, die werden dafür bezahlt!"

Stephan ließ ihn los und verschwand.

Gale fuhr nach Hause. *Die Polizei! Ntürlich! Ich werde gleich mal da anrufen..*

„H-Hallo hier ist Gale Pamy, ich habe die Frau am Maschsee gefunden. Und na ja wir, wir hatten uns so gut verstanden und mich macht es völlig fertig, dass da jetzt nie was draus werden kann. Ich, ich wollte nur wissen, ob Sie vielleicht schon etwas genaueres wissen. Wann oder woran sie gestorben ist!?" *Sie ist also erstickt worden!? Erst wurde ihr in die Brust geritzt? Und man hat die Blutung gestoppt? Und dann wurde sie erstickt? Das macht keinen Sinn. Oder?* „Oh, ach so, vielen Dank. Bitte sagen Sie mir, wenn Sie mehr heraus gefunden haben? … Ja?... Danke? Tschüss!" *Also man hat ihr die Buchstaben in die Brust geritzt, ihre Blutung gestoppt, sie dann erstickt, und dann dafür gesorgt, dass sie am Maschsee gefunden wird. Egal, ob sie dort jetzt gestorben ist oder nicht. Und der Todeszeitpunkt soll so zwischen 23:00 und 02:00 liegen. Das heißt die schwarzen Gestalten müssen was damit zu tun haben.*

Er setzte sich an den PC und tippte bei Facebook Luisas Namen ein. Zum Glück hatte sie alle ihre Angaben öffentlich. Aber nichts von ihren Hobbys und Interessen lies auf Feinde schließen. Ganz im Gegenteil. Sie war sportlich und half bei diversen Marathons mit. Und sie arbeitete neben dem Studium von Sozialwissenschaften auch noch irgendwie im Altersheim. Da gab Facebook einen Ton von sich und kündete eine neue Nachricht an. The Roolerz stand auf dem blauen Feld, in der normalerweise der Name stand.

„pamy, lass die fragerei! das gefällt uns nich! bleib lieber bei deinen games und nerv die menschen nich mit deiner anwesenheit. the roolerz", stand da. *Was sollte das denn jetzt? RS vielleicht für Roolerz? Aber wofür das S? Sadismus? Diese feige Bande macht mir keine Angst! Ich habe schon den Tot bekämpft - wenn auch nicht in der Realität. Aber ich will wissen, wer so etwas grausames tut! Ich lasse mich nicht von denen Abhalten! Vielleicht schaffe ich mich in deren Account zu hacken? Wie ging das nochmal?* Gale drehte sich zu seinem Regal um, in dem haufenweise Bücher über HTML-Codes, Programmiersprachen und Datenbanken standen. Alles, was irgendeinen Hinweis über technische Prozesse beinhaltete, wurde in dem Regal gesammelt und eingeordnet.

Als er gerade anfangen wollte, sah Gale, dass Romina ein Bild gepostet hatte. 16:47 mit Stephan König – hier: Aegedienkirche. Sie machte einen Kussmund und hielt die linke Hand vor das Kinn. Die Rechte hielt eine schwarze Handtasche mit pinken Flecken darauf fest. Er rollte die Augen. Als ob sich irgendwer dafür interessieren würde, was die beiden so an halbwegs verlassenen Orten treiben. Dann machte er sich an die Arbeit.

Gegen 21:00 hatte er es geschafft. Er war drin. Er konnte nicht fassen, dass er es geschafft hatte, aber nun musste er schnell sein. Ein Chatverlauf. Gruppenchat. Mit Stephen King, Vol de Mort, Clyde Chestnut, Franken

Stein und Das Phantom. *Okay, das ist strange! Ein Autor, ein fiktiver Mörder, ein Killer, ein fiktives Monster und noch eine grausame Gestalt. Was steht da?*

Stephen King:
Habe nach langem wieder eine verlorene Frau entdeckt!

Vol de Mort:
Wer ist es?

Stephen King:
Weiß ihren Namen nicht! Müssen das Ritual erst so planen!

Franken Stein:
Gewohnte Zeit? Gewohnter Ort?

Das Phantom:
Alter was geht? Das wird zu auffällig, auch wenn die letzte Erlösung schon ein Jahr vergangen ist!

Was ist das für eine kranke Sekte? Die letzte Erlösung? Wie viele haben die denn schon auf dem Gewissen? Gale fing wieder das Pfeifen an. Schob sich die Brille hoch und las weiter.

Vol de Mort:
Heute Abend ist es soweit! Aegdienkirche! Clyde bring dein Messer mit! Stephen hat gesprochen!

Stephen King:

Und denkt an die Roben und Runen!

Dann tauchte auf einmal eine neue Message auf. Gale bekam schiss, hatte man ihn entdeckt?

Stephen King:
Heute um zwölf Reinigung! Alle Mann in Robe!
Gemeinsames verbrennen!
Aegedienkirchhof!

Scheiße wollen die jetzt Selbstmord begehen? Ich muss da hin! Gale loggte sich aus und schnappte sich Handy und Aufnahmegerät. Er musste vor den Anderen da sein! Dann hätte er die Möglichkeit sich zu verstecken. Um zehn war er da. Die Sonne war gerade unter gegangen. Es war aber immer noch warm genug, dass er in seinem T-Shirt herumlaufen konnte. Da er nicht wusste, wo sie die Reinigung durchführen wollten, versteckte er sich hinter dem großen Stein mit dem Kreuz darauf. Das die ein Mahnmal für Frieden für so etwas missbrauchen. Ich wette hier haben sie auch Luisa erstickt! Um elf sah er die erste in schwarz gehüllte Person die Kirche betreten. Sie hatte einen Metalleimer dabei und stellte sie auf den weißen Streifen, der die Schatten- von der Sonnenseite um eine bestimmte Uhrzeit voneinander trennte. Im Mondschein blitzte immer wieder etwas auf seiner Brust auf. Es war silbern. Mehr konnte Gale nicht erkennen. Er holte sein Handy aus der Tasche und schaltete in den Aufnahmemodus. Sollte etwas passieren, wollte er Beweise haben. Sein Atem begann Geräusche zu machen, als eine zweite schwarze Gestalt den Hof betrat. „Hi!

Alles klar?" Diese Stimme kannte er von irgendwo her. „Ja. Alle Vorbereitungen sind getroffen. Eigentlich kann es losgehen!" diese Stimme kannte Gale auf jeden Fall. Nur die Art zu reden irritierte ihn. Im Hintergrund hörte er Autos vorbeifahren und Vögel Geschichten erzählen. Es waren nicht viele. Aber es waren welche da. Vereinzelt liefen Menschen vorbei, die miteinander redeten. Die zwei männlichen Gestalten fuchtelten mit Strichhölzern herum und warfen sie in den Eimer. Nach einer Weile loderte darin ein Feuer und warf große Schatten an die Wände. Zwei weitere Personen waren gekommen. „Nun sind wir fast vollständig. Dann kann die Reinigung endlich starten. Das Böse soll dann weichen!" sagte die sehr vertraute Stimme. Und da kam auch schon die fünfte Gestalt. Da waren sie alle versammelt: Stephen King, Vol de Mort, Clyde Chestnut, Franken Stein und Das Phantom.

Die bekannte Stimme trat ans Feuer und begann: „Da wir nun alle versammelt sind, können wir mit der Reinigungs-Zeremonie beginnen. Sprecht mir nach: Wissend um die Verschwendung solch hübschen Blutes, mussten wir die traurige Erlösen!" Die anderen Vier sprachen ihm nach:"Wissend um die Verschwendung solch hübschen Blutes, mussten wir die traurige Erlösen!" „Wir schwören dabei feierlich:" Gale begann zu pfeifen. „Die verlorene Seele *Pfeif* musste nicht mehr leiden *Pfeif* als ihre Genossinnen. *Pfeif* Wir haben sie traditionell *Pfeif* von ihren Fehlentscheidungen *Pfeif* befreit und die Buchstaben *Pfeif* des Seelenempfängers vermerkt! *Pfeif* Sie ist nun frei *Pfeif* und wir waren voller *Pfeif* guter Absicht!" Als auch der Chor zu Ende

gesprochen hatte zog der Sprecher seine Robe aus. *Pfeif* Alle Vögel waren verstummt. *Pfeif* Keine Menschenseele war mehr unterwegs. *Pfeif* Kein Auto fuhr mehr. Stille. *Pfeif* Da stand er nun. *Pfeif* Der Täter. *Pfeif* Stephan König. *Pfeif* „Die beschmutzte Robe! *Pfeif* Weil wir heiß sind!" Er ließ die Robe in die Flammen fallen und stand nur noch in Jeans da. *Pfeif* „Tom?" *Pfeif* Der zweite Mann zog seine Robe aus und warf sie in die Flammen *Pfeif* Es war T-Bone! *Pfeif* „Weil wir heiß sind!" *Pfeif* „Stephan, hörst du das?" *Pfeif* Stille. *Pfeif* Vollkommene Stille. *Pfeif* Sie drehten sich um. *Pfeif* Zu Gale. *Pfeif* Sahen ihn. *Pfeif* Er schaltete den Kamera-Modus aus. *Pfeif* Ergriff die Flucht *Pfeif* „Dieses scheiß Schwein! Haltet ihn auf!", schrie Stephan. *Fuck, fuck, fuck! Was mache ich jetzt? Polizei? Das dauert zu lange, egal!* „Ja....Hallo!...Beweise...Mord...Maschsee...Hilfe!...Säule! " *Ob das einer verstanden hat? Scheiß drauf! Zum Maschsee!* Er lief. Er rannte. Hinter ihm die Anderen. Er bekam keine Luft. Sport war nie seins. *Links. Recht. Links. Rechts. Atmen! Atmen! Luft! Luft! Schritte. Kommen. Näher. Muss. Weg! Darf. Nicht. Anhalten! Muss. Schaffen. Wasser! Luft! Hilfe!*
Langsam kam Gale voran. Die Verfolger hinter ihm. Sie holten auf. Gleich würde er da sein. Aber sie auch. Da war er. Der See. Gale stolperte. Fiel. Die Männer hinter ihm. Die Männer bei ihm. Die Männer neben ihm. Tritte. *Kopf. Bauch. Rücken. Beine. Schritt. Kopf. Rücken. Kopf. Sirenen.*

„Und dann bin ich hier wach geworden!", erklärte Gale. Sein Hals war trocken. Er schämte sich. Er war zu schwach gewesen, um es mit den Kerlen auf zu nehmen. Er hatte nichts erreichen können. Nur diese blöde Aufnahme auf seinem Handy und dem anderen Gerät. Die Aufnahme! „Warten Sie, ich habe noch das Video auf meinem Handy. Falls Sie es als Beweis brauchen. Sie können es haben." Gale suchte es schnell auf seinem Handy heraus und gab es dem Beamten. „Darf ich es kurz mitnehmen?" Gale nickte. Der Ermittler verschwand.

Nach einigen Stunden kam er wieder. Es war schon dunkel geworden. Der Mann lächelte: „Wir haben das Geständnis! Danke Herr Pamy!"

„Junge, platz da!", brüllte ich den dicken Typen vor mir an. Der watschelte einfach fett in meinen Weg! Ich war in der Leibniz Uni, an der ich Sport studierte. Mit meinem Astralkörper ging ich an dem Dicken vorbei. Mit meinen dunklen Augen visierte ich eine Frau an, die allein an der weißen Wand lehnte und ein Buch las. Was für ein heißes Teil! Ich schlenderte so zu ihr herüber und lehnte mich seitlich gegen die Wand. „Hi!", sagte ich dann mit einer verführerischen Note. Sie sah auf, guckte mir mit ihren leuchtend blauen Augen in meine und blickte zurück auf ihr Buch. „Kann das so viel interessanter sein als ich?" Einen Moment starrte sie regungslos auf ihr Buch. Dann - und das zu meiner Überraschung - nickte sie. Wütend ging ich weg. So eine verlorene Seele! Ich stürmte durch die kühlen Gänge und kümmerte mich nicht um die, die mir im Weg waren.

Abends klingelte mein Handy und kündigte eine Nachricht an. „Romina hat sturmfrei, Party Samstag Abend bei ihr. Kannst noch wen mitbringen" Ich sendete die SMS an alle Kontakte weiter. Das sollte eine super Fete werden. Mit meiner Hand fuhr ich mir durch mein kurzes blondes Haar. Ich zwinkerte einer jungen Frau zu, die an mir vorbei lief, und gesellte mich zu seinen Kollegen. „Tom, ich glaube morgen Abend ist es soweit!"

Dann auf der Party: Ich und meine Freunde sprangen im Takt auf und nieder. Einige der Frauen konnten echt sexy ihre Hüften kreisen lassen. Da fiel mir ein pinker Fleck in der Masse auf. Ich kniff die Augen zusammen. In meinem Zustand war es schwer alles klar zu erkennen. Die Stimmung war einfach der Hammer. Gelungene Party Romina! Ja das war sie! Ich wusste, dass sie kommen würde. Dieses Mal konnte sie nicht nein sagen! Dieses Mal würde sie gar nichts sagen können! Er klopfte Tom auf die Schulter und brüllte ihm ins Ohr: „Da, die im pinken Kleid! Das ist das verlorene Mädchen!"

Ich hatte sie nicht aus den Augen gelassen, seit sie aus der Küche wieder gekommen war. Warum mit diesem fetten Loser? Was fand sie an dem Kerl? Was hat er, was ich nicht habe? Abgesehen von Übergewicht!? Ich verstehe diese verlorenen Mädchen nicht! Wir müssen sie von diesen Fehlleitungen erlösen!

Sie ging in Richtung Badezimmer. Ich nickte Tom zu. In einer halben Stunde würde sie mir gehören. Das wusste ich. Ich und Tom hatten den traditionellen Weg geplant. Ich strich über meinen Anhänger und verließ die Wohnung, während Tom sich in Richtung Bad bewegte.

Nach unserem Ritual an einem spirituellen Ort, legten wir sie am See ab. Nun sollte auch ihr Körper in die Freiheit treiben. Nicht nur ihre Seele.

Dann ging ich zurück auf die Party. Es hätte besser

laufen können. Hätte sie von Anfang an eingewilligt, hätten wir sie nicht erlösen müssen. Es kann doch nicht sein, dass ein so heißes Mädchen ein verlorenes ist. Das arme hübsche Ding. Was eine Verschwendung! Aber so ist es immer mit den verlorenen Seelen! Ich stieß die Tür auf. Eine betrunkene Romina stolperte mir entgegen. „Hi Hübscher! Lust auf einen Blow-Job?" Sie kicherte und strich mit der Hand seine Brust hinunter zur Hose und begann daran herumzudoktoren. Ich zog sie näher an meinen Körper und aus der Sichtweite der anderen Partygäste.

Dann wachte ich in einem fremden Bett auf. Ich hatte nichts mehr an. Meine Sachen lagen um das Bett verteilt. Mein Schädel brummte. Fuck, hatte ich einen Kater. Es klingelte an der Tür. Neben mir regte sich etwas oder viel mehr jemand. Die nackte Romina rieb sich den Kopf. Es klingelte noch einmal. Sie stieg aus dem Bett, warf sich einen Morgenmantel über und verließ den Raum. Ich bekam nur Wortfetzen mit: „... Informationen bekommen... Luisa Beyer... tot am See aufgefunden... Party...Gale Pamy" Mein Herz hämmerte. Das kann nicht sein, das darf nicht sein! Warum der? Ich hätte sie finden müssen! Sie war mein! Ich zog mir etwas an. Beim Verhör habt ihr Trottel nicht bemerkt, dass ich euch verarscht habe. Hätte dieser Fettsack die Leiche bloß nicht gefunden! Scheinbar war die Erlösung schief gegangen und ihre Seele immer noch zu ihm hingezogen! Also war das Ritual nicht erfolgreich und wir nicht verantwortlich für ihren Tod! Wir mussten uns reinigen!

Wir The Roolerz sorgen dafür, dass verlorene Seelen frei werden. Sich nicht zu armseligen Kerlen hingezogen

*fühlen! Dafür das R. S, weil ich der großartige Stephan
König alias Stephen King bin und sie erlöst habe.*
*Tom der brave Gehilfe stand mir all die Zeit gut bei.
Clyde, Frank und Rico sind noch nicht so lange dabei,
aber das war auch nicht ihre erste Erlösung. Hören Sie!
Wir sortieren! Wir tun nichts unrechtes, also lassen Sie
uns verdammt noch einmal gehen!*

Der Schatten
Ein gefährliches Spiel

Akt 1: Das Wesen

Sie läuft durch den Wald. Ein Geräusch! Es ist wie ein Rauschen, aber doch anders. Sie dreht sich um. Am anderen Ende des Waldes wartet ihr Freund. Er weiß, dass sie durch den Wald wollte, um zu ihm zu kommen. Etwas bewegt sich in den Bäumen. Sie spürt es. Sie hört es. Aber sie kann es nicht sehen. Immer wieder dreht sie sich um. Wirft erneut Blicke um sich. Sie wird verfolgt. Sie beginnt zu laufen. Schneller und schneller. Ihre Atmung wird flach. Hektisch stolpert sie über Äste. Das Gefühl verfolgt zu werden verschwindet nicht. Sie schaut sich um. Panische Blicke in alle Richtungen. Hinter ihr ein Rauschen. Ein Lufthauch. Keuchend bleibt sie stehen. Sie hätte doch mit dem Lauftraining beginnen sollen, wie ihre Mutter es wollte. Aber es war zu spät. Sie stützte die Hände auf die Beine. Sie hielt Luft an. Es war nichts zu hören und doch spürte sie etwas. Es war hinter ihr. Es kam näher. Ihr wurde kalt. Sie drehte sich um. Ein Schrei!

„Was vermuten Sie?", fragt ein Mann. Es ist einer der Polizisten, die den Tatort abgesichert haben. Sie stehen um eine blonde, junge Frau, die reglos auf dem Boden liegt. Sie sehen eine Wissenschaftlerin an. Diese ist groß, schlank, brünett. Ihre Haare sind in einem Dutt zusammen gebunden. Gebannt warten sie auf eine

Antwort. „So wie es aussieht war es kein gewöhnlicher Mord! Sehen sie! Es gibt keine Verletzungen, die tödlich waren. Wir müssen es mit etwas übernatürlichem zu tun haben!", die Wissenschaftlerin beugt sich vorsichtig über die Leiche: „Keine Einschusswunden oder Einstiche. Nichts! Ich kann Ihnen nicht weiter helfen!" Sie verlässt den Tatort. Dann fährt sie mit ihrem roten Lamborghini zu ihr nach Hause. Sie parkt ihn vor einem kleinen abgeschiedenen Häuschen, umgeben von Natur. Sie geht zur Tür und kramt ihre Schlüssel aus ihrer kleinen Handtasche. Dann steckt sie ihn in die Tür, neben der ein Namensschild mit der Aufschrift: „G. Thunder". Es klickt und die Tür lässt sich aufdrücken. Sie schmeißt ihre Schlüssel in eine Schüssel auf dem Flurschrank und hängt ihren weißen Designermantel an ihren teuren Kleiderständer. Ein Mann kommt auf sie zu. „Irgendeine Spur Miss Thunder?", fragt er, als sie sich zu ihm umdreht. „Nein Hank, nichts! Der Schatten war schon wieder weg und zurück blieb eine unversehrte Leiche und verstörte Angehörige! So wie immer.", die Wissenschaftlerin fuhr sich verärgert über die Haare. „Es ist nicht Ihre Schuld Miss!", versuchte der Butler sie zu trösten. „Ja! Aber hätte ich mich früher auf den Schatten spezialisiert, dann wäre er vielleicht schon längst vernichtet!", widerspricht sie. Die Frau geht auf eine Tür zu , während der Butler auf sie einredet: „Hätten Sie nicht für andere Forschungen angestellt, könnten Sie sich jetzt nicht das Equipment für Ihre eigenen Forschungen leisten! Und Sie hätten nicht nebenbei Erfahrungen gesammelt." „Das hilft doch nichts, wenn unschuldige Menschen sterben, weil wir zu langsam sind! Bitte lass mich jetzt in Ruhe die Notizen zu den anderen hinzufügen!", wehrte sie ihn ab.

Sie geht durch die Tür und läuft eine lange Treppe runter. Eine große graue Tür befindet sich vor ihr. Sie tippt den Code in den Computer und die Tür schwingt von alleine auf. Sie betritt ein großes Labor. Es ist ebenfalls grau angestrichen. Im oberen Teil des Zimmers stehen Röhrchen und Chemikalien auf den Tischen. Etwas weiter hinten ist eine schwarze Metalltreppe, die in den unteren Teil des Raumes führt. Dort ist das Zimmer in zwei Teile geteilt. In der einen Hälfte ist ein Schreibtisch mit großem Computer und vielem technischen Zubehör. In der anderen Hälfte sind Metallstäbe in die Wand gelassen, die als Gefängnisse dienen sollen. Die Wissenschaftlerin setzt sich an den Computer und öffnet ein Programm. Auf dem Bildschirm erscheint eine lange Liste mit Daten und Berichten über verschiedene Opfer. Jedes mal kann man lesen, dass keine Wunden oder sonstige Spuren auf den Täter vorhanden waren.

Die Frau steht auf und geht auf eine Pinnwand zu. Es waren viele Notizen von den verschieden Opfern, den Tatorten und vereinzelten Spuren auf den Täter. Die Frau vermutet, dass der Schatten, wie sie ihn bezeichnet, ein körperloses Wesen ist, das sich von Seelen der Menschen ernährt. Die Frau setzt ihre Brille ab und reibt sich über die Stirn. Wieder nichts. Sie geht die Treppen hoch in ihr Zimmer. Sie zieht ihre Kleider aus und legt sie sorgfältig zusammen und hängt sie über einen Stuhl. Dann geht sie zu ihrem großen Kleiderschrank und zieht sich ein Top und eine Jogginghose heraus. Sie zieht sie an und klettert in ihr großes Bett.

Er geht im Dunkeln die Straße entlang. Er ist nach der Disko auf dem Weg nach Hause. Es ist kühl. Die Laterne flimmert. Ein Rauschen! Er dreht sich um. Nichts zu sehen. Der Mann ist allein. Er geht weiter. Die nächste Laterne wirft seinen Schatten auf den Boden. Er ist lang. Er wird länger. Ein Rauschen neben ihm. Er dreht sich. Niemand da. Ihm läuft ein Schauer über den Rücken. Eine Eule kreischt in der Nähe. Panisch schaut er sich um. Keine Schritte. Keine Geräusche! Stille. Totenstille. Wieder dieses Rauschen. Und das unaufhörliche Gefühl beobachtet zu werden. Die Straße ist leer. Keine Menschenseele treibt sich zu dieser Zeit draußen herum. Ein Schatten in seinem Augenwinkel. Ihm wird kalt. Ein Ziehen in der Brust. Er schreit auf. Bricht zusammen. Der Mann windet sich. Fühlt sich leer. Lichter im nächsten Haus gehen an. Hilfe! Schreie! Dunkelheit.

Das Telefon klingelt. „Thunder!", meldet sich die Wissenschaftlerin. Es ist früh. Zu früh. Die Frau liegt in Schlafsachen im Bett und hält sich das Telefon ans Ohr. „Keine Wunden, sagen Sie? In der Nacht ermordet? In einer verlassenen Straße? Ich komme sofort!" Sie stürmt aus dem Bett und zieht sich ihre teuren Jeans und ein Top aus dem Schrank an. Wenigen Minuten später läuft sie ihr Haar bindend zu ihrem Auto. Sie reißt die Tür auf und lässt sich in den Wagen fallen. Der Lamborghini springt an und sie düst zum Tatort. Einer der Polizisten stürmt auf sie zu. Die Frau kennt ihn. Er ist jedes mal am Tatort, wenn sie offiziell dazu gerufen wird. Immer hängt er ihr an den Lippen. Sie findet ihn nervig. Er berichtet ihr von dem, was vorliegt. Sie hört nicht zu, denn er kann immer nur das gleiche erzählen. Dann lässt sie etwas neues aufhorchen: „...die Frau erzählte uns am Telefon etwas von schwarzem Rauch, aber wir dachten, dass..." „Schwarzer Rauch? Warum erfahre ich erst jetzt davon? Und es gibt eine Zeugin?", unterbricht die Wissenschaftlerin. Sie geht direkt auf den Offizier der Polizei zu und spricht ihn an: „Ihr Kollege erzählte etwas von einer Zeugin! Wenn unser Mörder nun unvorsichtig wird, dann könnte uns das sofort weiterhelfen. Ich muss mit der Frau reden!" „Tut mir leid Miss Thunder, aber Sie sind nicht befugt mit der Zeugin zu sprechen! Außerdem ist sie von dem Mord total verwirrt und redet Unfug!", widerspricht der Offizier. Das ignoriert die Wissenschaftlerin: „Ist sie das?" „Ja, aber das dürfen Sie nicht..." Die Wissenschaftlerin reißt sich von dem Mann los und spricht die Zeugin an: „Entschuldigen Sie bitte! Mein Name ist Gwen Thunder! Ich bin Wissenschaftlerin und versuche den Täter zu finden! Dürfte ich Ihnen ein paar Fragen stellen?" „Ja natürlich! Mrs. Thunder!", erwidert die alte Dame. „Miss Thunder! Sie haben den Täter gesehen? Richtig?", verbessert die Wissenschaftlerin. Die Dame denkt nach: „Nun ja den Täter habe ich nicht gesehen. Eher die Tat!" „Können Sie mir bitte erzählen, was Sie gesehen haben? Jede Einzelheit!", bittet die Wissenschaftlerin und zückt einen Notizblock. Sie rückt ihre Brille zurecht und macht sich bereit mitzuschreiben. Die alte Dame beginnt zu erzählen:

„Ich saß in meinem Sessel und habe gelesen, als mich so ein seltsames Gefühl überkam. Ich hatte das Bedürfnis aus dem Fenster zu sehen. Also stand ich auf und ging zum Fenster. Die Straße war leer und eine der Laternen begann zu flimmern. Ich sah genauer hin und beobachtete, wie dieser Mann dort sich ständig umsah. Dann versuchte ich die Ursache für seine Panik zu finden, aber da war nichts! Und wenn sie mir sagen ich spinne ist es mir völlig egal! Ich weiß, was ich gesehen habe und ich weiß, das es ein Schatten war, der sich auf den Mann zubewegte. Er blieb vor ihm stehen. Ich wollte ihn vertreiben, indem ich Licht anmachte und aus der Tür rannte, aber es half nichts. Ich schrie auf, als ich etwas weißes in den Schatten verschwinden sah. Der Mann schrie vor Schmerzen. Das denke ich zumindest, denn er wand sich und brach zusammen. Der Schatten kam auf mich zu, aber ich rannte in mein warmes, helles Haus und schlug die Tür zu."

„Keine Sorge. Sie sind nicht verrückt, ich hatte schon lange die Vermutung, dass etwas ähnliches hinter diesen Morden steckt, aber Sie haben mir die Sicherheit gegeben. Und ich denke Sie haben richtig reagiert, als Sie sich in ihr Haus zurück gezogen haben. Ich bin Ihnen sehr dankbar. Am besten passen Sie nun gut auf sich auf!", bedankt sich die Wissenschaftlerin: „Sie müssen nun sehr gut aufpassen, denn der Schatten, wie ich ihn nenne, weiß, dass Sie etwas über ihn wissen!"

Zufrieden läuft sie zu ihrem Auto. Der Polizist, der an ihren Lippen hängt, rennt ihr hinterher. Er erzählt ihr etwas, aber sie hat keine Zeit. Sie muss sofort zu ihrem Butler.

Der Butler hatte schon ihrem Vater bei den Forschungen über den Schatten geholfen, bis dieser dann seine Seele an ihn verlor. Genau, wie die Mutter von der Wissenschaftlerin.

Zu schnell braust sie durch die Straßen und hält direkt vor der Haustür. Sie springt aus dem Wagen und stolpert mit ihren Absätzen über den Kies in das Haus. Der Mann kommt auf sie zu, als sie ihre Schlüssel in die Schüssel schmeißt. „Warum sind Sie so in Aufregung Miss Thunder?", fragt er sie sofort. „Er wird unvorsichtig!", ist ihre Antwort und sie beginnt zu stahlen.

Das Haus ist leer. Sie sitzt in ihrem Sessel. Sie liest. Stille! Auf einmal. Ein Geräusch. Die alte Frau schaut von ihrem Buch auf. Nichts! Sie hat das Zimmer nur mit einer Leselampe beleuchtet. Die Tür klappert. Die Frau schaut sich um. Niemand da. Ihr Mann ist auf Arbeit. Sie liest weiter. Das Haus ist schon alt. Vielleicht neue Macken. Es wird kalt. Sie legt das Buch weg und reibt sich an den Armen. Es wird noch kälter. Sie steht auf. Durchquert den Raum. Immer wieder wirft sie Blicke zur Seite. Nichts zu sehen. Ein seltsames Gefühl im Bauch. Sie wird beobachtet. Von wem? Niemand ist im Haus. Niemand kann im Haus sein. Rauschen! Sie wird panisch. Sie will hinaus rennen. Die Tür fliegt zu. Sie kann nicht raus! Kein Fluchtweg mehr! Vorsichtig tastet sie nach dem Schalter. Grelles Licht. Im ganzen Raum. Sie versucht sich genau umzusehen. Alles aufzunehmen. Da! Der Rauch. Schwarz. Wie die Nacht! Er kommt näher. Sie weiß, was passieren wird. Es ist vorbei. Schmerzen. Ein Schrei! ... Stille!

Das Handy klingelt. Die Wissenschaftlerin sieht auf dem

Bildschirm. Sie meldet sich: „Was? Sie ist Tod? Ich komme sofort!" Die Frau legt auf. Sie schiebt ihr Frühstück weg. „Tut mir leid Hank! Die Zeugin konnte ihm nicht entkommen!", sie steht auf und verlässt das Esszimmer, während ihr Butler nickt und beginnt aufzuräumen. Sie setzt sich in ihr Auto und düst zurück zum Tatort. Wieder die gleiche Straße, wie den Tag davor. Der gleiche Weg. Nur dieses mal wegen eines anderen Opfers. Sie steigt aus und der Polizist kommt ihr erneut entgegen. Sie ignoriert ihn vollkommen und geht direkt zu dem Offizier. Dieser sieht sie an: „Sie wissen irgendetwas über den Täter! Und wir werden noch dahinter kommen. Woher wussten Sie, dass die Dame ihm als nächstes zum Opfer fällt, Miss Thunder?" „Wenn ich Ihnen sage, was ich weiß, dann werden Sie über mich lachen und mich aufziehen, aber dann wenn er weit genug ist, dann wird er Besitz von jemandem ergreifen und ich kann über euch lachen! Und damit sich niemand schlecht fühlt weiß nur ich über den Täter das, was ich vermute!", antwortet sie und geht lächelnd zum Opfer.

Sie schaut auf sie hinab. „Es tut mir leid. Ich hatte gehofft, er würde Ihnen mehr Zeit geben!", sie zieht sich die Gummihandschuhe über und sieht sich die tote Dame an. Dann streicht sie ihr über die Schulter und wiederholt sich: „Es tut mir leid!" Die Wissenschaftlerin verlässt den Tatort und steigt zurück in ihren Wagen. Wieder nichts! Warum ist der Schatten nur körperlos? Er ist schon wieder entwischt.

Hupen! Die Wissenschaftlerin wird zurück in die Realität gerissen. Sie reißt das Lenkrad herum, zieht die

Handbremse an und weicht im letzten Moment einem anderen Auto aus. Löst die Bremse. Gleich darauf kommt ihr das nächste Auto entgegen und sie lenkt zurück auf ihre Spur. Sie zittert. Ihre Atmung ist hektisch und plötzlich kann sie nicht mehr klar denken. Sie blinkt und fährt rechts ran. Nach ein paar mal tief durchatmen hält sie es nicht mehr im Wagen aus. Die Frau drückt die Tür auf und flüchtet in die kühle Spätsommerluft. Sie schließt die Tür. Dann lehnt sie sich an ihr Auto. Mit den Händen stützt sie sich ab. Die Wissenschaftlerin wirft ihren Kopf in den Nacken und betrachtet den Himmel. Er ist klar und blau. Er leuchtet förmlich. Die Frau bleibt regungslos stehen. Sie atmet tief durch. Sie verschlingt die Luft fast. Ihre Brust hebt und senkt sich langsam. Ihr kommen die Tränen. Sie ist allein. Niemand kann ihr helfen! Nur sie und der Butler wissen von seiner Existenz! Sie steigt wieder ins Auto und fährt weinend nach Hause.

Ihr Vater hatte ihn auch gesehen. Im Grunde hatte er ihn erschaffen. Ihr Vater hatte mit den Elementen experimentiert, weil er wissen wollte, ob es etwas Magisches, wie Vampire oder Zauberer geben könnte. Ihre Mutter hatte ihm dabei geholfen. Dann gab es eine kleine Explosion und die kleine Tochter war herein gestürmt gekommen. Bei der Explosion war ein Schatten entstanden und entwischte durch ein kleines Fenster in ihrem damaligen Labor. Danach verbrachte die kleine Gwen noch mehr Zeit alleine. Nicht einmal der Butler konnte sich noch um sie kümmern. Er wurde von ihren Eltern mit in die Forschungen eingespannt. Nach einem Jahr gelang es dem Vater den Schatten anzulocken. Sie saßen zu viert vor dem Fernseher, als er durch einen

Türschlitz kroch. Dann musste das Mädchen mit 6 Jahren ihre Eltern sterben sehen. Der Schatten umhüllte sie nacheinander und sog eine weiße Masse in sich ein. Der Butler zog sie auf seinen Arm und flüchtete aus dem Zimmer. Er setzte sie in den Flur und holte das Geld aus dem Tresor. Gwen wollte nicht alleine sein und öffnete die Tür zum Wohnzimmer. Der Schatten kam auf sie zu. Er umkreiste sie mehrmals und dann verschwand er auf den Weg, den er gekommen war. Ihre Eltern lagen auf dem Sofa. Sie sahen in die Luft aber ihr Blick war leer. „Mami? Papi?", hörte man eine zarte Stimme. Dann eine andere Stimme: „Komm Gwen! Wir müssen hier weg!"

Sie sitzt vor dem Schwimmbad. Es ist am Dämmern. Sie wartet auf ihre Eltern Sie sollen sie abholen. Die SMS ist schon verschickt. Das Mädchen reibt sich die Arme. Ihr ist kalt. Sie macht ihre Jacke weiter zu. Es raschelt in den Büschen hinter ihr. Sie dreht sich um, aber nichts bewegt sich. Etwas Dunkles kommt auf sie zu. Ein ziehen in ihrer Brust und etwas weißes silbriges löst sich in den dunklen Angreifer auf. Dann. Wieder Stille. Sie kommt sich seltsam vor. Sie hat ein komisches Gefühl in der Brust und reibt sich am Hals. Der Schatten kommt wieder auf sie zu. Sie kreischt auf. Immer und immer wieder rauscht er an ihr vorbei. Jedes mal. Etwas weißes. Eine Verbindung zwischen ihr und dem Schatten. Mit jedem mal fühlt sie sich leerer. Ein Auto. Hoffnung kommt in ihr auf. Die Lichter des Autos flammen auf. Sie sieht jemanden aussteigen. Jemand ruft ihren Namen. Nein. Irgendeinen Namen. Ihr Augen bleiben stehen.

Noch bevor die Wissenschaftlerin ihren Schlüssel weggeworfen hat klingelt ihr Handy. „Noch eine? Seltsam! Ich komme sofort!" Sie dreht um und ruft nach ihrem Butler: „Bin kurz weg! Komme so schnell wie möglich wieder! Kannst du schon mal etwas zu Essen vorbereiten? Ich sterbe vor Hunger!" Bei der Antwort „Ja, Miss Thunder!" geht sie aus der Tür. Sie ist den Rest zum Haus so langsam gefahren, dass sie den ganzen Nachmittag vertrödelt hat. Nun sitzt sie wieder im Auto. Bevor sie beim Schwimmbad aussteigt, sieht sie im Rückspiegel, wie schrecklich sie aussieht und wischt sich die verlaufene Schminke aus dem Gesicht.

Sie steigt aus und drückt die Tür zu. Sie atmet einmal tief durch und geht dann wieder gefasst auf die Polizisten zu. Der Nervige ist nicht dabei. Erleichtert beginnt sie zu fragen: „Was ist passiert? Irgendwelche Spuren?" Die Polizisten zucken mit den Schultern und nicken zu den Eltern des Mädchens: „Die meinen sie hätten nur noch gesehen, wie eine Art Schatten von ihrer Tochter abwandte und im Gebüsch verschwand. Wir denken sie leiden unter einem Schock und wissen nicht, was sie reden!" „Natürlich! Und durch einen Zufall erzählen sie die gleiche Geschichte, wie die alte Frau!", regt sich die Frau auf. Sie ist wunderschön, wenn sie sich aufregt. Ihre sowieso schon großen grünen Augen funkeln und sind noch größer und sprühen vor Energie. Ihre Brille verstärkt die Wirkung noch tausendfach. Ihre Schultern straffen sich und sie wirkt mächtig und einschüchternd! Mit einem genervten Stöhnen winkt sie ab und dreht sich zu ihrem Auto um.

Ein Rascheln im Gebüsch. Alle drehen sich um. Die

Eltern des Mädchens bekommen einen panischen Blick. Die Wissenschaftlerin weiß warum. Sie hat, wie alle anderen auch, einen kleinen Schatten im Gebüsch verschwinden sehen. Dann flackert eine Laterne und es wird dunkel. Nur die Taschenlampen und die Wagen der Polizisten beleuchten noch den Weg.

Die Wissenschaftlerin ist glücklich und aufgebracht zugleich. Ihre alten Gefühle schwappen hoch. Die Polizisten regen sie auf. Aber sie weiß jetzt mit Sicherheit, dass es den Schatten gibt. Das einzige Problem ist, dass sie immer noch nicht weiß, wann der Schatten von Menschen Besitz ergreift und ob er das wirklich kann.

Sie fährt zufrieden zu ihrem Haus. Mit einem leichten Ruck hält sie vor der Haustür. Sie schließt auf und ein warmer Geruch kommt ihr entgegen. Er ist würzig und lässt ihr das Wasser im Mund zusammen laufen. Die Frau schmeißt den Schlüssel in die Schüssel. Gleich darauf steuert sie das Esszimmer an. Nach einem langen Atemzug durch die Nase, weiß sie, es gibt Pilzpfanne! „Wie wunderbar Hank! Vielen lieben Dank!", begrüßt sie ihn. „Immer gerne, Miss Thunder! Das bin ich Ihnen doch schuldig!" „Du bist mir gar nichts schuldig! Hank, ich bin seit zwei Jahren offiziell erwachsen! Du brauchst wirklich nicht mehr auf mich aufpassen!", widerspricht sie ihm. „Ich will nur nicht, dass Sie alleine hier leben, abgeschieden von jeglicher Zivilisation!", das ist ein überzeugendes Argument. Die Frau nickt und setzt sich hin. Dann genießt sie ihr Abendessen und schmeißt sie auf die teure weiße Couch und schaltet den Fernseher an. Man kann den Butler in der Küche abwaschen hören.

Es tut der Wissenschaftlerin leid, dass er so viel für sie tut. Andererseits ist sie froh, dass er jede Hilfe von ihr ablehnt. Also hört sie ihm zu, wie er abwäscht, anstatt sich auf den Film zu konzentrieren. Es ist irgendeine Reportage über Grillen und ihre Lebensweise. Die Frau hat ein Kissen auf dem Schoß und murmelt sich in eine Ecke. Ihr Blick ist auf den Bildschirm geheftet, aber sehen, tut sie nur einzelne Bilder mit Grillen und Gras. Ihre Aufmerksamkeit gilt der Küche. Sie kann das nicht länger mit anhören, also steht sie auf und geht hinüber. Sie drückt die Tür auf und macht sich Popcorn. „Hank ich kann dich nicht länger hier arbeiten hören! Setzt dich zu mir und wir schauen uns eine DVD an. Komm, der Abwasch kann warten!" Gemeinsam setzten sie sich in das Wohnzimmer und knabbern Popcorn zu „Der Schuh des Manitu". Sie lachen und reden, bis spät in die Nacht. Müde gehen sie schlafen.

Die Wissenschaftlerin geht ins Badezimmer und kommt kurz darauf in Schlafsachen wieder raus und löst ihren Haarknoten. Ihre dunklen Haare fallen ihr auf die Schultern und kringeln sich leicht zu Locken. Sie fährt sich durch ihre Haare und verwuschelt sie ein wenig. Dann durchquert sie ihr Zimmer und klettert in ihr Bett. Es ist groß und aus hellem Holz. Die Bettwäsche ist rosa und passt nicht zu ihrem sonst gefassten Auftreten.

Sie reißt ihre Decke nach hinten und wirft sich auf die Seite, wobei sie sich zudeckt. Danach streckt sie ihren Arm aus und macht die Lampe aus. Damit gehen automatisch die Rollos runter und das Zimmer wird komplett dunkel. Bald atmet sie langsam und gleichmäßig.

Ein schreckliches Geräusch! Es ist laut und nervtötend. So schrill, das es einem die Ohren sprengen könnte. Es ist ein lautes Piepen, begleitet von einem Rasseln. Es ist ein Wecker.

Verschlafen und langsam kommt ein Arm unter ihrer Bettdecke hervor. Zu langsam bewegt er sich auf den Wecker zu. Kann er nicht einfach verstummen? Endlich drückt sie ihn aus. Stille. Erholende und erlösende Stille. Sie stöhnt. Langsam richtet sie sich auf und lässt Sonnenlicht ins Zimmer fließen. Sie blinzelt. Dann setzt sie sich ihre Brille auf und verlässt das Bett. An ihrem Schrank bleibt sie eine Weile stehen. Sie öffnet ihn und starrt die ganzen Kleider an. Was soll sie bloß anziehen? Sie entscheidet sich für ein weißes T-Shirt, eine schwarze Jeans und eine schwarze Weste. Sie verschwindet für einige Minuten im Badezimmer. Mit gemachten Haaren und wachem Gesichtsausdruck verlässt sie ihr Zimmer und schlendert in die Küche. So, wie es dort aussieht, würde jeder wissen, dass der Butler noch schläft. Die Wissenschaftlerin lächelt und beginnt die Küche aufzuräumen. Sie stellt Töpfe und Teller weg und macht den Rest Abwasch. Erst danach holt sie sich etwas Müsli aus dem Schrank und frühstückt.

Sie stellt das nun dreckige Geschirr auf die Spüle und geht in den Keller zu ihrem Labor. Es ist immer noch grau und ausladend, aber es schafft eine ernstere und bessere Arbeitsatmosphäre. Außerdem muss man sich in einem Labor auch nicht wohl fühlen.

Sie tippt alle neuen Fälle in ihren Computer und betrachtet die Pinnwand. Sie nimmt den Zettel mit der

Vermutung, der Schatten sei ein körperloses Wesen, ab und klebt ihn bei den Fakten dazu. Nun bleibt nur noch die Frage, ob die restlichen Vermutungen von ihr und ihrem Vater richtig sind. Sie setzt sich auf den Stuhl und starrt die Pinnwand an. So viele Jahre voller Forschungen und bis jetzt ein handfester Beweis. Seit 14 Jahren ist sie hinter dem Schatten her. Seit 3 Jahren forscht sie und ist offiziell Wissenschaftlerin. Seit ½ Jahr konzentriert sie sich auf den Schatten. Und bis jetzt ist die einzige Tatsache, dass es wirklich ein Schatten ist. Und das einzige, was das beweist, ist, dass sie einen Teil von ihm gesehen hat. Aber selbst das muss nicht wahr sein. Was ist sie doch für eine große Wissenschaftlerin! Das wird ihr niemals jemand glauben. Sie braucht Fakten. Die Frau seufzt verzweifelt und beschließt ihren Butler in die jüngsten Ereignisse einzuweihen. Als sie hoch geht schaut sie auf ihr Handy. Keine entgangenen Anrufe, keine SMS. Sie seufzt erneut und geht endgültig ihren Butler suchen. „Verzeiht mir Miss Thunder, aber gestern Abend war eine Spur zu lang für mich. So lange habe ich schon ewig nicht mehr geschlafen." „Kein Ding Hank! Ich muss dir noch etwas erzählen!"

Sie berichtet über die zwei Toten in kürzester Zeit, über die Eltern, die den Schatten zu sehen glauben, über das Rascheln und den Schatten selbst. Der Butler hört ihr zu. Er nickt, um verstehen zu geben, das er versteht und schweigt. Die Wissenschaftlerin endet und der Butler sieht sie an. Dann sieht er auf den Boden und spricht seine Vermutung aus: „Ihr Vater hat gesagt, dass der Schatten sich entwickeln kann. Und wenn er jetzt schon in der Dämmerung zuschlägt und sich unvorsichtig verhält, denke ich, dass er nicht mehr lange ein Schatten sein wird. Aber das sind nur die Gedankengänge eines alten Mannes." Die Frau sieht ihn an. Sie ist total entsetzt. Kann es wirklich schon so weit sein? Wird es dann wohl einfacher ihn zu fangen? Oder nur noch schwerer? Will sie überhaupt einen Menschen zerstören, nur, weil er Opfer des Schattens geworden ist? Kann sie ein menschliches Leben beenden? Selbst, wenn in ihm kein Mensch mehr steckt?

Sie sitzt im Wohnzimmer ihr Mann kommt gleich nach Hause. Sie starrt auf den Bildschirm. Das Zimmer wird nur durch den Fernseher beleuchtet. Dramatische Musik. Ihre Augen werden größer. Etwas kaltes. Von hinten. Sie tastet um den warmen Hals nichts. Nur Einbildung? Ein komisches Geräusch. Ein seltsames Gefühl. Die Musik des Filmes stoppt. Etwas weißes löst sich aus ihrer Brust in die Dunkelheit. Schmerzen. Sie schreit. Dann ist es still. Schritte auf der Treppe. Sie tapsen zum Wohnzimmer. Der Fernseher geht aus. Er ist dunkel. Die Tür öffnet sich einen Spalt. Ein kleines Mädchen. Braune Haare. Brille. Sie trägt einen Schlafanzug. Fast genauso wie damals. „Mami?", durchschneidet ihre Stimme die Stille. Es raschelt neben ihr. Sie geht auf ihr Mutter zu. „Mami?" Es raschelt hinter ihr. Sie setzt sich neben sie und kuschelt sich an sie. „Mami, was ist hier los?" Rascheln. Sie beginnt zu weinen. „Mami, warum antwortest du nicht? Ich habe Angst!" Sie weint weiter. Klammert sich an die Frau. Er raschelt neben ihr. Es wird kalt. Etwas weißes gleitet aus ihr. Erhellt Den Raum. Minimal. Sie sieht ihre Mutter. Tod! Sie schreit.

Vor Schmerz. Vor Trauer. Es wird wieder Dunkel. Stille. Etwas klackt. Im Flur. In der Haustür. „Schatz ich bin zu Hause!" Er sieht einen Schatten. Schnell bewegt er sich auf ihn zu. Er schreit auf. Das dunkle Etwas kriecht auf dem Boden. Es kommt näher. Zieht das silbrig weiße Licht aus der Brust des Mannes. Er schreit. Niemand kommt! Er bricht zusammen. Alles verschwimmt. Dunkelheit.

Das Telefon klingelt. Der Butler greift zum Hörer. „Guten Tag?! Hank Courtains! Wie kann ich Ihnen helfen? … Ja sie ist da. Einen Moment! … Einer Von der Polizei! Irgendwas mit einer Familie!" „ Danke Hank! … Thunder? … Ah, ja, in Ordnung! Ich komme sofort!" Sie legt auf. „Ich muss dann wohl wieder los!" Damit steuert sie die Haustür an. Bevor sie die Tür erreicht, nimmt sie noch ihren Schlüssel und kurz darauf gleitet ihr Auto über die Straßen.

Vor einem großen Haus hält sie an. Da hat wohl jemand kräftig geschuftet. Die Wissenschaftlerin steigt aus dem Auto und knallt die Tür zu. Sie ist wirklich beeindruckt von dem Haus. Einige wenige Schritte und sie tritt in das stilvoll eingerichtete Haus. Sie geht den Flur entlang. Lugt in jedes Zimmer. Da kommt ihr der kleine nervige Polizist entgegen. Er bringt sie redend zu den restlichen Ermittlern. Sie stehen um die Leichen herum und suchen nach Spuren.

Die tote Mutter starrt am Bildschirm vorbei. Sie muss also den Täter gesehen haben. Die Wangen ihrer kleinen Tochter glänzen noch feucht. Die Beiden sind noch nicht lange Tod! Der gut bekannte Offizier wendet sich der

Wissenschaftlerin zu. Ihr Verehrer verstummt. „ Der Mann dort kam nach Hause und hat den Rest seiner Familie tot aufgefunden. Nichts wurde angerührt. Der Fernseher lief noch, als wir hier ankamen. Seitdem sitzt der Mann dort auf dem Stuhl. Langsam geht der Serienmörder mir ganz schön auf die Nerven! Sie können mit ihm sprechen, aber ich glaube nicht, dass Sie noch etwas aus ihm herausbekommen. Sein Name ist David Owel."

Der Mann, von dem der Offizier gesprochen hat, sitzt ausdruckslos an einem Tisch. Vermutlich steht er unter Schock. Er hat dunkelblonde Haare und dunkelbraune, fast schwarze Augen. Sie geht auf ihn zu. „Guten Tag!", sagt die Frau und setzt sich unaufgefordert neben ihn. „ 'ten Tag!", seine Stimme versagt. Schweigen! Die Wissenschaftlerin betrachtet ihn genauer. Nun starrt er sie an. Immer noch so gut wie ohne jedes Gefühl. Aber seine Züge sind nun wärmer. Sie haben schon fast etwas glückliches. Seltsam!

Das Schweigen wird unangenehm. Die Frau ergreift das Wort: „Mein Name ist Gwen Thunder! Ich bin Wissenschaftlerin und versuche nicht nur den Mörder ihrer, sondern auch anderer Familien zu finden. Ich brauche also keine Hinweise auf den Täter, sondern alles, was Sie gesehen haben." Er schluckt, dann beginnt er zu stammeln: „Ich bin gegen fünf von der Arbeit nach Hause gekommen... Wie immer habe ich nach meiner Frau gerufen. Sie hat nicht geantwortet. Da bin ich ins Wohnzimmer..." Wieder versagt seine Stimme. Irgendetwas an ihm ist komisch. Er räuspert sich. Sammelt seine Gedanken. „Da lagen sie dann. Ich wählte die Nummer und brach zusammen. Als ich aufwachte, war die Polizei schon da!" Die Wissenschaftlerin nickt. Sie betrachtet ihn genau. Sie wird dieses komische Gefühl nicht los, das etwas an ihm nicht stimmt. „Vielen Dank! Wenn Ihnen noch etwas einfällt, rufen Sie mich an. Wann immer Sie wollen. Es ist wichtig. Und passen Sie auf sich auf!", sie gibt ihm eine Visitenkarte. Er nimmt sie lächelnd an. Langsam bekommt sein Gesicht menschliche Züge. Er ist hübsch! Sie verlässt das Haus, setzt sich in ihr Auto, schaltet es aber noch nicht an.

An der Sache ist was Faul! Er hat keine Namen genannt und wirkte nicht trauernd. Etwas stimmt an der Geschichte nicht. Nur was? Hätte er keine Gefühle, wäre keine Tochter da gewesen! Er wirkte so fremd, so unbeteiligt, als sei er ein Anderer! Als sei er jemand Anderes! Das ist es! Der Wissenschaftlerin krampft der Magen zusammen. Er ist der Schatten! Nein, das kann nicht sein! Das darf nicht sein! Er kann nicht der Schatten sein! Spielen da Gefühle mit? NEIN! Es kann doch auch der Schock nach dem Tod seiner Lieben sein. Aber da reagieren die Menschen oft anders. Die Frau will nicht weiter darüber nachdenken! Sie muss weg! Freien Kopf bekommen.

Sie schaltet das Auto an und bringt es zu ihrem Haus. Sie steigt aus, lässt die Schlüssel stecken und den Motor an. Sie läuft hoch in ihr Zimmer und kramt Badesachen aus ihrem überfüllten Schrank. Dann eilt sie zurück zum Auto und fährt zum nächsten Schwimmbad.

Sie bezahlt und zieht sich in der Umkleide um. Bevor sie ins Wasser springt duscht sie sich noch kalt ab. Dann ist es so weit. Die Frau springt ins Wasser.

Früher ist sie auch geschwommen. Ihr Vater hatte sie in einem Verein angemeldet, doch nach seinem Tod konnte ihr Butler das Schwimmen nicht bezahlen und sie hat aufhören müssen. Seitdem sind 12 Jahre vergangen, dennoch hat sie das Gefühl, das letzte Training wäre am vergangenen Tag gewesen. Anmutig gleitet sie durchs Wasser. Die Armbewegungen ganz gleichmäßig. Jeden dritten Armzug atmet sie ein. Ihr Stil beim kraulen ist nicht schnell, dafür beruhigend. Schnell vergisst sie das Schattenproblem. Ihre Beine ziehen eine weiße Spur aus Blasen hinter sich her und in regelmäßigen Abständen tauchen ihre Hände in ihrem Blickfeld auf.

Schließlich kam ihr ein Entschluss: Er kann nicht der Schatten sein! Er war zur Zeit der Tat nicht da und kann dem Entsprechend nicht getötet worden sein und also auch nicht vom Schatten eingenommen worden sein!

Gedankenversunken schwimmt sie weiter. Dann ein Schmerz im Kopf und ein dumpfer Knall. Sie sieht auf. Es ist der junge Mann. Er hat nasse Haare und seine dunkelbraunen Augen leuchten, während er sich lächelnd für seine Tollpatschigkeit entschuldigt. „Haben Sie sich schon von Ihrem Verlust erholt, dass Sie wieder in die Öffentlichkeit können?", versucht die Frau ein Gespräch anzufangen. Gemeinsam schwimmen sie zum Rand. Er antwortet auf ihre Frage: „Ich bin hier, um den Schmerz zu verkraften. Aber das Leben geht weiter und trotz ihres Todes, will sie, das ich glücklich bin. Ich werde versuchen mein altes Leben zu vergessen und ganz neu zu beginnen." Wieder lächelt er. „Und wie wollen Sie das anstellen?" „ Ich bin ein Modeberater! Ich kann einen neuen Laden eröffnen, umziehen und eine neue Familie gründen. Außerdem werde ich meinen eigenen Stil ändern und das werden, was ich immer sein wollte!", er erzählt so begeistert, dass die Wissenschaftlerin sich einbildet die Gedanken in einer Blase über seinem Kopf zu sehen. Sie muss lächeln. „Was für eine verrückte Idee! Kann ich Ihnen dabei behilflich sein?" Der Mann beginnt wie ein kleiner Junge zu grinsen: „Sie könnten mein erster Kontakt sein, nachdem mein altes Leben vorbei ist! Wollen wir unsere Informationen zueinander auf null setzen und uns eine Chance auf mehr geben?" Die Frau kichert: „Wir können es versuchen, aber ich bin eine Wissenschaftlerin und muss weiter am Tod Ihrer Frau arbeiten und Ihnen dazu fragen stellen!" Er nickt. „ Ich rufen Sie in ein paar Tagen an, dann möchte ich, das Sie mir bei meinem neuen Laden helfen. Ich habe Ihre Visitenkarte gefunden und da dort steht *Qualitative Antworten zu Quantitativen Fragen* und ich Fragen zur Einrichtung habe rufe ich Sie an. Sie werden mich nicht kennen. Bis dahin stehe ich Ihnen bei allen Fragen zu dem Abend zur Verfügung. Ist das ein Deal? " Sie nickt. Er hat Gefühle, er kann flirten, er findet sie sympathisch, er ist definitiv nicht der Schatten, denn der Schatten will nur überleben!

Sie geht unter die warme Dusche, zieht sich ihre Sachen an und fährt nach Hause. Dort setzt sie sich vor ihren Computer im weißen Arbeitszimmer in der zweiten Etage. Sie fährt ihn hoch und betrachtet den Bildschirm. Der Butler hatte eines der Bilder von der kleinen Gwen mit ihren Eltern mitgenommen. Die glückliche Familie lächelt sie aus dem Urlaub in Italien an. Das Foto wurde, kurz bevor der Schatten sie auseinander gerissen hat, aufgenommen. Vor Wut ballt sie die Fäuste zusammen. Am liebsten wäre sie jetzt schreiend auf etwas losgegangen, aber sie weiß, dass das ihre Eltern auch nicht zurück bringt. Sie öffnet das Internet. Bei der Suchmaschine tippt sie *Läden zu Vermietung oder Kauf* ein. Aus reinem Interesse sieht sie sich Lage und Grundriss der Immobilien an. Einige der Läden sind in der Nähe ihres kleinen Hauses und dennoch relativ zentral gelegen.

Der Mann ist schon sympathisch. Wie heißt er noch gleich? Ach ja David, David Owel! Owel, wie Eule, lustig! Er hat braune Haare , wie das Kleid einer Eule. Warum schwirren ihre Gedanken nur immer wieder zu ihm hin? Die Frau sieht aus dem Fenster. Es wird Herbst, wie romantisch!

Stille. Es ist schon früh dunkel geworden. Er ist auf dem Weg nach Hause! Er nimmt die Abkürzung über den Friedhof. Im dunklen war er schon immer gruseliger, als er ohnehin schon ist. So verlassenen und leer. Überall um einen herum liegen tote Menschen und man ist sich dessen vollauf bewusst. Er hebt die Füße kaum an, damit das Rascheln des Laubes die Stille vertreibt. Dann ein Rascheln hinter ihm. Ein leichter Windhauch! Nein, das muss der Wind gewesen sein! Hinter ihm war niemand! Das muss Einbildung sein! Es fühlt sich an, als sei es plötzlich kälter. Wieder dieses Rascheln. Dieses Mal näher! Er beschleunigt seinen Gang. Das Rascheln kommt näher. War ihm doch jemand gefolgt? Etwas eiskaltes ergreift seine Hand. Er will sie wegziehen. Der Griff ist zu fest! Er wirbelt herum. Es ist zu dunkel, ohne jegliche Lampe. Die Straße ist nicht weit! Ist eine Flucht möglich? Doch dann! Etwas weißes zieht unter Schmerzen aus seiner Brust! Er schreit! Die Augen zusammen gepresst! Stille!

Das Telefon reißt sie aus den Traumen! Nicht schon wieder. Müde greift sie zum Hörer. „Thunder?", meldet sie sich. „Am Friedhof? Schleifspuren? Er *sollte* gefunden werden? Ja ich bin gleich dort!" So schnell, wie es in ihrem genervten und müden Zustand möglich ist, macht sie sich fertig und begibt sich zum Tatort. „Langsam geht mir der Schatten auf die Nerven! Wie kann er nur so lange verschollen bleiben und jetzt so viele Opfer hintereinander hinterlassen?", beschwert sie sich bei ihrem Lenkrad. Beim Friedhof hält sie an und steigt aus dem Wagen. Tatsache! Schleifspuren führen auf den Friedhof zu einer Stelle, an der in der Nacht die Lichter niemals ihren Schein hinwerfen könnten. Sie geht den Weg wieder zurück, dann fällt ihr etwas auf: Es gibt kein Opfer!
Sofort eilt sie zum Offizier: „Wo ist das Opfer?" „Keine Begrüßung? Na gut! Nach einigen Minuten nahm er stark an Temperatur zu! Als er dann auch noch anfing sich hektisch zu bewegen, wie bei einem epileptischen Anfall, haben wir ihn ins Krankenhaus bringen lassen!" „Und Sie haben es nicht für nötig betrachtet mir Bescheid zu sagen?" „Ich dachte Sie wollen den Tatort sehen!?" „Ich? Falls Sie es noch nicht bemerkt haben, aber ich jage nach einem Wesen, an das Sie nicht glauben, das es aber gibt und die Toten sind die Beweise für dafür! Und jetzt hat einer den Angriff überlebt!? Da muss ich sofort zu ihm!"

Damit lässt sie ihn stehen! Sie rennt zum Auto und fährt ihren Sportwagen direkt zum Krankenhaus!

Nach vielen Fragen kommt sie endlich zum Raum mit dem Opfer. Sie klopft und tritt ins Zimmer. In dem Bett liegt ein junger Mann mit dunklen Haaren und Augen. „Guten Tag! Mein Name ist Gwen Thunder! Ich bin Wissenschaftlerin und versuche ein Bild von dem Wesen zu machen, dass Sie und viele weitere angegriffen hat. Sie haben Glück gehabt, dass sie überleben konnten! Darf ich Ihnen ein paar Fragen stellen?", stellt die Frau sich vor. Der Mann wendet den Kopf langsam zu ihr. Der Frau läuft ein Schauer über den Rücken. Die Augen des Mannes sind weit aufgerissen und sein Blick ist leer. Geistesabwesend nickt er. Die Wissenschaftlerin schluckt ihre Angst runter: „Was haben Sie gesehen, gehört, gefühlt? Ist Ihnen irgendetwas aufgefallen? Woran können sie sich genau erinnern?" Langsam legt er den Kopf schief und lächelt, wie ein psychisch Gestörter.

Die Stimme klingt krächzend und gruselig. Sie wirkt gequält und ohne Gefühl: „Ich wollte... nach... Hause. Da waren... rascheln, das kam... nicht... von mir! Hand! Kalte, eiskalte Hand! Sie" Er beginnt zu zucken. Er wehrt sich dann schreit er: „Geh weg! Lass mich los!" Er kreischt auf! Dann entspannen seine Glieder. Er liegt leblos auf dem Bett. Eine Schwester kommt rein. „Miss! Sind sie verrückt? Er ist psychisch labil! Er hätte Ihnen etwas antun können! Vorhin hat er uns geschlagen! Der Mann hat ein Herz aus Stein! Er hat keine Seele!"

Seele! Das ist es! Der Schatten hat ihm nicht alles seiner Seele genommen! Das heißt der Mann kann weiter leben! Aber kann die Seele sich regenerieren? Die Frau überlegt eine Weile, dann fällt ihr ein, dass sie noch einige der Notizen von ihrem Vater hat. Da müsste doch bestimmt etwas über die Seelen der verschonten aufgezeichnet sein. Das hofft die Wissenschaftlerin zumindest.

Sie bedankt sich bei der Schwester und lässt sie irritiert im Zimmer stehen. Sie springt fast in ihr Auto und rast durch die Straßen nach Hause. Der Drang nach Wissen treibt sie förmlich weg, nach Hause. Manchmal hasst sie ihre Neugier, wie auch in diesem Moment. Sie muss sich stark zusammen nehmen nicht alle Verkehrsschilder zu missachten und alle an zu hupen, die sich an die Geschwindigkeitsbegrenzung halten. Sie sitzt wie auf heißen Kohlen. Auf ihrem Sitz kann sie kaum stillhalten. Endlich fährt sie in ihre Straße ein, da kann sie sich vor Aufregung gerade noch auf dem Sitz halten. Sie fährt vor ihr Haus und lässt alles stehen und liegen und vergisst beinahe ihr Auto abzuschließen. Kaum ist sie auf dem Weg ins Haus beginnt sie schon das Rennen. Sie wirft den Schlüssel, verfehlt aber die Schale. Trotzdem nimmt sie sich keine Zeit ihn aufzuheben. Das kann warten. Sie springt die Treppe runter in den Keller und bremst erst vor ihrem sogenannten Aktenzimmer. Sie war schon lange nicht mehr dort drinnen gewesen. Der Butler hatte aus dem Haus ihrer Eltern ein paar Unterlagen retten können, bevor die Polizei alles dicht gemacht hatte. Es war eine schreckliche Zeit gefolgt. Außerdem dachte sie lange Zeit, dass ihr Vater böse mit ihr sein würde, wenn sie in seinen Unterlagen stöberte.

Sie atmet tief durch. Er ist tot! Er kann nichts dagegen haben! Er wurde durch die Hand des Schattens getötet. Es muss vernichtet werden, um nicht weiteren Schaden zu verursachen. Dann tritt sie in den Raum. Der Geruch von Papier strömt ihr entgegen. Es ist warm in dem Raum. Er ist dunkel und im Gegensatz zum Rest der Einrichtung sind die Möbel hier aus massiven Holz. Sie geht an den Ordnern vorbei. Die meisten Ordner sind mit ihren Forschungen angefüllt, aber zu anderen Themen. Sie hat sich ja erst ihre Brötchen verdienen müssen, bevor sie sich aus finanzieller Sicht intensiv mit dem Schatten auseinander setzten konnte. Sie hat immer ihren Butler gebeten die Akten und Aufzeichnungen dort hinein zu bringen, weil sie solchen Respekt vor den Notizen ihres Vaters hat, dass sie diesen Teil des Hauses so selten, wie möglich betritt. Trotzdem weiß sie genau, wo die Aufzeichnungen ihres Vaters stehen. Zielstrebig begibt sie sich dort hin, stellt sich vor das Regal und starrt den Ordner an. Vorsichtig zieht sie ihn raus. Es wird wohl Zeit, dass sie sich die Aufzeichnungen genau durchliest. Sie seufzt. Das kann eine lange Nacht werden. Während sie sich ständig umsieht, damit ihr Vater sie bloß nicht entdeckt, wie sie in seinen Unterlagen herum stöbert. Eigentlich albern.

Sie ist abgehauen. Es ist der Wagen ihres Vaters. Sie schaut ständig in den Rückspiegel. Ihr Vater hat das Verschwinden nicht bemerkt. Er ist sauer auf sie. Die Stadt hat sie schon lange verlassen. Der Wagen wird langsamer. Sie flucht. Die Tanknadel ist gesunken. Der Tank ist leer. Das Auto kommt zum stehen. Sie steigt aus und sieht sich um. Nichts, nur Wald. Und Straße. Die Bäume rauschen. Es ist Herbst. Ein Mann kommt aus dem Wald Sie kennt ihn nicht. Sein Gang ist ihr unbekannt. Es wirkt, als schwebe er. Nebel wickelt sich um seine Beine. Er trägt Schwarz. Mütze. Schwarz. Sonnenbrille. Schwarz. Sie sollte weglaufen. Sie weiß es. Sie starrt zu ihm. Vielleicht kann er helfen. Vielleicht ist er böse. Er kommt näher. Immer näher! Lauf! Hallt es in ihrem Kopf. Lauf! Sie bewegt sich nicht. Noch einen Schritt! Und noch einen! Lauf! Endlich. Die Beine Bewegen sich. Sie rennt. Er rennt. Es ist zu spät. Sie stolpert. Er holt sie ein. Er lächelt. Leckt sich über die Lippen. Ein Schatten umkreist sie. Er beugt sich über sie. Stille. Kühle. Nacht. Etwas beginnt sich aus ihr zu lösen. Sie fühlt sich leicht. Es ist weiß, strömt zu seinem Mund. Es erhellt die Nacht. Dann durchzucken sie Schmerzen. Schreie!

„Hier steht es: Wenn der Schatten herangereift ist, kann er von einer Seele und seinem Träger Besitz ergreifen. Er beginnt zu einem Mensch zu werden. Das einzige Problem: Er muss sich weiterhin von Seelen ernähren. Diese Seelen müssen mit der Zeit jünger werden und ungenutzter. Bis er irgendwann beginnt die Seelen von Kindern auszusaugen. Dafür kann es passieren, das die Menge, die er zu sich nimmt mit den Essgewohnheiten schwankt. Isst er als Mensch viel, braucht er auch viel Seele, eventuell sogar zwei (?), isst er als Mensch wenig, so braucht auch der Schatten nicht mehr alles von der Seele eines Menschen! Bla bla bla … Und hier sind noch ein paar Vermutungen: Ich bin mir nicht sicher, aber ich denke menschliche Seelen, können sich wieder selbst heilen, wenn sie angegriffen wurden und viel Ruhe haben.

Gut, dann müsste der Mann durchkommen. Die Frau atmet erleichtert aus. Jetzt musste sie sich nur noch um den Schatten kümmern, wenn er „schwach" wurde, würde es ihr leichter fallen ihn zu fangen! Ihr Handy klingelt.

Akt 2: Der Mann

Er sieht das Handy an. Soll er sie jetzt anrufen? Er wünscht es sich so sehr! Sie ist damit einverstanden gewesen nach einigen Tagen ihn zu treffen und dann die Fragen über seine Frau sein zu lassen. Er sieht auf die Karte: *Qualitative Antworten zu Quantitativen Fragen* darunter die Nummer. Er atmet einmal tief durch, dann fasst er allen Mut und ruft sie an. „Äh ja, hier ist David Owel. Ich habe hier Ihre Visitenkarte! Und ich würde Sie gerne treffen, da ich einige Fragen habe! ... Heute? ... Um drei? ... Wie wäre es mit dem Coco Café?.. Gut ich freue mich!" Und jetzt? Er hat noch drei Stunden, um sich für das Beratungsgespräch vor zu bereiten. Am besten ist es, wenn er seine favorisierten Häuser ausdruckt und seine Einrichtungsideen auf einen Notizzettel schreibt.
Er kramt auf seinem Schreibtisch herum, findet Stift und Notizblock und schreibt alles auf, was ihm einfällt, während er seinen Computer anmacht und die Häuser ausdruckt, die er sich ausgesucht hatte. Schnell ist die Zeit um und er muss sich hastig in sein Auto setzten und zum Café fahren.
Er wartet zehn Minuten, bis eine streng gekleidete Frau eintritt. Da ist sie! Und jetzt? Eigentlich kennen sie sich

doch gar nicht. Sie hatten abgemacht, dass sie sich noch nie gesehen hätten und er nur ihre Visitenkarte gefunden hatte, also was soll er tun? Sie kommt ihm zu vor. Die Frau geht auf den Modeberater zu und fragt: „Guten Tag! Sind Sie Herr Owel?" Sein Herz setzt einen Moment aus. Sie ist so hübsch, elegant und schlank. Er kann seinen Blick nicht von ihr lassen. Verlegen nickt er und bietet ihr einen Platz an. „Sie haben mich angerufen?", beginnt sie das Gespräch. Wieder nickt er verlegen. „Was für einen Fall haben Sie denn für mich?" Sie tut wirklich so, als kenne sie ihn nicht. Ihm bleibt nichts anderes übrig. Er muss antworten. Er schluckt den Kloß herunter, der ihm im Hals sitzt, wenn er an sie denkt. „Also, ich habe, wie erwähnt Ihre Visitenkarte gefunden. Und ich bräuchte Ihre Hilfe bei einigen Entscheidungen. Und ich wollte Sie fragen mir auch im späteren Verlauf noch zur Hand zu gehen.", stammelt er unbeholfen. „Gehe ich recht in der Annahme, dass hier die Wissenschaft nicht weiter hilft?" Wieder nickt er. Er kommt sich nicht sonderlich intelligent und ansprechend vor. Unbehaglich rutscht er auf seinem Sitz hin und her. „Ich bin Modeberater und habe vor einen neuen Shop zu eröffnen. Und ich möchte eine weibliche Meinung dafür haben, damit es ansprechend wirkt. Wollen Sie mir helfen?" Dieses Mal nickt sie. „Wie kann ich helfen?" Endlich ist es soweit! Er kann seine Vorbereitungen präsentieren. Das Sprechen verläuft glatt. Und als er endet, sieht er die Frau verlegen an. „Welches der Gebäude spricht Sie am Meisten an?" „Dieses! Diese Kombination aus Altbau und Moderne ist umwerfend!" Sie tippt auf sein favorisiertes Gebäude. „Gut, ich kümmere mich um das Haus und rufe Sie bei weiteren Fragen an." Sie lächelt. Seinen Körper überkommt ein Kribbeln. Gemeinsam trinken sie ihre Kaffees leer.

Eine Welle der Trauer überkommt ihn, als ihr Handy klingelt. „Thunder?", hört er ihre Stimme „Gut, bis gleich!" In ihm steigt Wut auf. Keiner darf sie haben! Nur er! Sie soll ihm gehören! Ihm ganz allein! Sie darf nicht gehen! Wer immer am Telefon war, sie darf nicht zu ihm! Ihre liebliche Stimme reißt ihn aus seinen Gedanken: „Herr Owel? Ich muss leider gehen! Sie geben mir doch Bescheid, wenn Sie das Haus haben? Ich stehe Ihnen gerne wieder zur Verfügung!" Sie steht auf und reicht ihm die Hand. Ihre Hand ist warm und weich. Am liebsten hätte er sie gar nicht mehr los gelassen. „Natürlich!", antwortet er ihr und muss sie gehen lassen. Kurz nach ihr verlässt auch er das Café. Er geht zu seinem kleinen Auto und fährt zu dem Haus indem seine Frau und Tochter ermordet worden waren. Gleich nachdem er die Tür durchschreitet, greift er zu Telefon. „Guten Tag! Ich habe Ihre Immobilie gesehen und würde sie gerne genauer betrachten. Wäre sie als Shop geeignet?... Wann hätten Sie denn Zeit, dass ich sie besichtigen könnte?... Wirklich?... Dann bis gleich!", er legt auf und verlässt das Haus wieder. Irgendwie empfindet er eine Antisympathie gegen diesen Ort. Schnell ist er bei dem neuen Gebäude angelangt. Die Maklerin wartet bereits vor der Tür. Er steigt aus und betrachtet sie genauer. Sie ist etwas rundlich, aber nicht dick. Sie hat lange blonde Haare und einen Mittelscheitel. Sie ist hübsch, aber nicht sein Typ. Für ihn gibt es so wie so nur eine Frau, die er erobern will! „Guten Tag!", begrüßt sie ihn. „Tag!", er hat keine Lust sich durch irgendwelche Formalitäten von der Besichtigung abzuhalten. „Können wir es uns sofort ansehen?", fragt er die Frau. Sie führt den Stilberater herein. Die Tür ist eine große Glastür und man kommt sofort in einen großen Raum. Auf der anderen Seite ist eine Tür. Die Maklerin führt ihn dorthin. „Hier hinter befindet sich ein Treppenhaus, durch das Sie in die Obere Etage gelangen können. Folgen Sie mir bitte! Die rechte Tür führt in einen kleineren Raum, der sich als Lager eignet. Die linke Tür ist die einer Wohnung für bis zu vier Personen. Das sind 4 Zimmer. Die Zimmer sind nicht groß, aber schön, da die Schrägen geschickt liegen. Hier hätten wir das Bad mit Dusche und Badewanne und mit Platz für Waschmaschinen, dann daneben: ...Moment... Die Küche, klein, aber fein, natürlich mit Platz für einen Esstisch. Folgen Sie mir bitte weiter. Das größte Zimmer, eher als Wohnzimmer genutzt. Dann Ein weiteres Zimmer mit einer schönen Aussicht in den Garten und mit Westblick, das heißt Sie können den Sonnenuntergang beobachten. Und hier die letzten Zwei gleichgroßen Zimmer. Sehr praktisch für jüngere mit Schiebetür verbunden, sodass die Kinder zusammen spielen könnten. Und wenn sie größer sind und die Tür stört einfach mit einem Schrank zu zustellen. Und, was sagen Sie?" „Ich habe keine Kinder und keine Frau oder Freundin!", antwortet er: „Aber ich bin begeistert von den Möglichkeiten und sobald ich den Shop betrete durchfließen mich die Ideen!" Sie verhandeln den Preis und unterschreiben den Vertrag. Nun heißt es Umziehen und Renovieren. Bald kann er seinen Shop eröffnen!

Als er zu Hause ankommt, betrachtet er seine Einrichtung. Eigentlich kann alles weg. Nichts davon will er behalten. Hoffentlich reicht das Geld für eine komplette Neueinrichtung. Auch die Kleidung, das Mobiliar, kann alles weg!

Er beschließt einen Abendspaziergang zu machen. Ganz gemütlich soll er sein. Ein wenig frische Luft schnappen. Er geht aus dem Haus. Nach einer halben Stunde beginnen die Tropfen auf ihn zu platschen. Doch das stört ihn nicht. Es beginnt zu Gewittern. Ihm wird kalt. Er ist alleine in einer unbekannten Wohngegend. Ein Blitz, ein Donnern, Rauschen. Rascheln. Er fährt herum. Nichts. Wohl nur Einbildung. Ein Knacken. Er dreht sich um, starrt in die Finsternis. Aus dem Nichts, ein Schemen, eine unbekannte Person. Der Regen fällt ihm ins Gesicht, lässt die Figur verschwimmen. Es ist nass. Dann eine Hand streckt sich ihm entgegen. Er bleibt stehen. Die Hand trifft auf seine Kehle. Er erschrickt. Eine zweite Hand legt sich ihm auf den Mund. Panik! Er will schreien! Um sich schlagen. Nichts geht. Etwas weißes löst sich aus seiner Brust. Erhellt die Nacht! Schmerzen! Der drang zu fliehen! Keine Möglichkeit zu entkommen! Schwärze!

„Kann ich Ihnen helfen?", fragt ein Verkäufer hinter ihm. Der Modeberater dreht sich um: „Ich suche Kartons für einen Umzug, wo finde ich die?" „Hier entlang!", der Verkäufer führt ihn durch Gänge und Regale bis hin zu einem Stapel von Kartons. „Hier, bitte sehr!" Dann lässt er ihn alleine. Wie viele er wohl brauchen wird? So viel will er nun nicht mit in die neue Wohnung nehmen. Vielleicht einen oder zwei? Er entscheidet sich für zwei. Vorsichtshalber! Obwohl er eigentlich das Vergangene vergessen will.

An der Kasse sitzt eine Verkäuferin. Sie ist hübsch, aber nicht so hübsch, wie seine Angebetete. „Oh wollen Sie umziehen? Brauchen Sie vielleicht noch ein wenig Einrichtungshilfe?", kokettiert sie. Er lächelt schüchtern. Sie zwinkert ihn an, wickelt sich eine blonde Haarsträhne um den Finger und kassiert ab. Ist ihr der Flirtversuch wohl missglückt...

Im alten Haus sieht er sich um, durchstöbert alle Räume und Schränke. Er füllt den ersten Karton nicht einmal bis zur Hälfte. Im Anschluss setzt er sich an einen Laptop und setzt bei einer Online-Plattform all seine Sachen hinein, die er nicht mehr braucht. Vielleicht wird er dafür noch etwas für bekommen. Und auch die Wohnung stellt er ins Internet. Aber zur Miete, so kann er wenigstens nebenbei verdienen, sollte der Laden nicht wie gewünscht laufen.

Er nimmt sich seinen Umzugskarton, einige Kleidungsstücke und macht sich auf den Weg zu seiner neuen Wohnung. Im weißen Flur stellt er die Sachen ab und beginnt durch die Wohnung zu streunern. Er braucht dringend ein wenig Farbe und ein paar Möbel in der kahlen Wohnung. So kann er hier keinen Besuch empfangen.

Also wieder zu einem Baumarkt. Dieses Mal einen anderen. Er will der komischen Frau nicht wieder begegnen. Aber zuerst muss er Gwen Bescheid geben, dass er den Laden hat. Alles finanzielle ist geregelt und nun bräuchte er ihre Hilfe zum einrichten.

Er tippt die Nummer in sein Handy. Er hat sie schon so oft angesehen, dass er sie auswendig kann. „David Owel noch einmal ... Ja, ich wollte Ihnen Bescheid sagen, dass ich den Laden mit der Wohnung habe ... Genau den! ... Können Sie mir vielleicht helfen die richtigen Farben zu finden? ... Ich wollte das so schnell, wie möglich machen! ... Na gut, dann bis morgen!" , sie hat ihn abserviert. Wie kann sie es wagen? Erst lässt sie ihn im Café sitzen und jetzt das?

Seine Hände spannen sich an. Er ballt sie zu Fäusten und steckt sie, dann schüttelt er den Kopf. Das muss aufhören. Noch gehört sie ihm nicht! Noch nicht...

Statt irgendetwas zu unternehmen, setzte er sich wieder an den PC. Er kann schließlich schon einmal nach Regalen und Kleidern gucken, die er in seinen Shop ausstellen kann. Seine alten Handelspartner behält er bei. Aber er will auch seine eigenen Ideen ausstellen. Also benötigt er eine Nähmaschine und Stoffe. Preise kann man ja immer vergleichen. Und er wird auch einen Block und ganz viele verschiedene Bleistifte brauchen. Seine Ideen müssen immerhin festgehalten werden. Allein bei dem Gedanken alles nieder zu malen, was er denkt, wenn er sie ansieht, kribbelt es in seinen Fingern.

Am Abend fährt er in sein altes Heim. Ihm kommt ein verrückter Gedanke, wodurch er sich nicht mehr um sein altes Haus kümmern müsste.

Er öffnet einen der Schränke und findet, was er sucht. Eine Kerze. Mit einem Streichholz zündet er sei an. Der Mann stellt sie auf den Tisch und verlässt den Raum.

Dann schlägt er sich die Hand vor den Kopf und kommt wieder rein. Dabei läuft er gegen den Tisch und die Kerze fällt um. Die Tischdecke fängt Feuer. Er verlässt den Raum wieder und legt sich im Bett schlafen.

Er wird durch eine drückende Hitze und einen Lärm, den er nicht zuordnen kann, wach. Orange und rot überall um ihn herum. Es hat funktioniert. Aber jetzt gerät er in Panik.

Feuer! Überall Feuer! Scheiße! Er springt aus dem Bett. Der Boden glüht. Soll er ihn verlassen? Nein! Er ist so nah am Ziel! Er muss weg! Raus! Er geht ein paar Schritte. Überall Flammen. Sie lodern auf. Er ist gefangen. Ein Knacken. Eine Bewegung im Boden. Stimmen. Er fällt. Schreie. Plötzlich ist wieder etwas unter ihm. Ein stechender Schmerz. Ein weiteres Knacken. Aber anders. Männer um ihn herum. Vor seinen Augen wird es schwarz...

Piep, Piep, Piep...

„Glück gehabt" Schmerzen. Luft! Dunkelheit.

Piep, Piep, Piep...

„Was hat er?" Diese Stimme! Mit einem Mal ist er wieder vollkommen da. Er reißt die Augen auf. Weiß! Alles weiß. Es brennt einen Moment in den Augen, aber der Mann kommt zu sich. Das war es wohl mit dem Designen. Seine Hand hat schwere Verbrennungen erlitten und ist in einen Verband gewickelt. Sein Bein ist in einen Gips gepackt. Er kann sich nicht Bewegen. Es würde ihm Schmerzen bereiten. Zwei weibliche Gestalten stehen am Bett. „Gwen", seine Stimme ist schwach. Eine der beiden dreht sich um. „Er ist aufgewacht.", sagt sie. „Oh ja Miss Thunder!", bestätigt die Andere: „Ich lasse Sie mit ihm allein!" jetzt sind nur noch er und die Wissenschaftlerin in dem Raum. Sie setzt sich an seine Bettkante und sieht ihn an. Er möchte sie anlächeln, aber es tut zu sehr weh. „Sie sind durch die Decke gebrochen, als es in ihrem Haus gebrannt hat. Sie werden wohl noch eine Weile hier bleiben müssen. Aber was ich von Ihnen wissen möchte: 1. Warum haben Sie mich gerade Gwen genannt? Und 2. Haben Sie gestern irgendetwas ungewöhnliches gemerkt? Ich hoffe, dass sich meine Befürchtungen nicht bewahrheiten." Sie ist ihm auf den Fersen! Aber er will ihr die Wahrheit sagen. Nein! Das geht nicht! Sie darf es nicht wissen! Aber sie muss! Was soll er tun?

„Weil ich mich in Sie verliebt habe!" Das ist der einzige Teil der Wahrheit, den sie erfahren darf. „Und ich mich ...gefreut habe..." Das Sprechen fällt schwer. Sie lächelt traurig zu ihm hinunter. Warum lächelt sie? „David, Sie sind nicht ganz beisammen. Wenn Sie aus dem Krankenhaus kommen und immer noch dieser Meinung sind, dann können Sie sich bei mir melden. Sie haben wirklich nichts gesehen?" Es fühlt sich an wie ein Schlag in den Bauch. Sie soll ihm gehören! Nur ihm. Ihre Haare, ihr Geruch! Alles soll sein werden! Er will nicht, dass sie geht. Er starrt in die Leere. Sie steht auf. Plötzlich ist er von einer Kraft erfüllt, die er nie zuvor gespürt hat. Er greift nach ihrem Handgelenk und zieht sie zu sich. Das wunderschöne Gesicht von der

Wissenschaftlerin ist nun ganz nah an seinem. „Ich meine das ernst." Er küsst sie auf den Mund.

Bei der Berührung tobt es in ihm, aber nicht auf negative Weise. Etwas in ihm schreit nach mehr. Es will raus. Er zögert und zieht sich zurück und legt den Kopf zurück ins Kissen. Er lässt sie los und schaut weg. Er will sich entschuldigen, aber die Kraft ist so plötzlich verschwunden, wie sie gekommen ist. Er schließt die Augen.

Als er sie wieder öffnet, ist es dunkel. Aber er spürt ihre Anwesenheit. Sie lehnt an einer Wand, auf einem Stuhl sitzend. Sie ist so hübsch. Sie atmet total ruhig. Als könne sie nichts aus der Ruhe bringen. Ganz gleichmäßig. Eine Strähne löst sich langsam aus ihrem Zopf und rutscht in ihr Gesicht. Der Designer hat das Bedürfnis einfach aufzustehen und sie ihr ganz vorsichtig aus dem Gesicht zu streichen. Aber schon das drehen auf die Seite schmerzt so doll, dass er stöhnend zurück sinkt. Dann beobachtet er einfach weiter.

Am morgen wird das Frühstück gebracht. Sie ist schon lange gegangen. Sie hat ihm zum Abschied nur zugewunken und ist dann einfach gegangen. Einfach so. Er hat keinen Hunger. Will nichts essen. Er will einfach nur raus aus diesem Haus. Weg! Frei sein. Er fühlt sich von den Wänden eingeengt. Sie kommen näher immer näher... Sein Magen krampft. „Sie müssen etwas essen. Sie haben gestern Abend schon nichts gegessen. Herr Owel? Alles in Ordnung?", er hört die Krankenschwester kaum noch. Etwas in ihm will raus. Ausbrechen. Sein

Körper zittert. Gwen! Gwen! Wo bist du? Er reißt sich zurück in die Realität. „Danke sehr!", sagt er lächelnd und nimmt die Gabel um einen Happen zu essen. Kaum ist es in seinem Mund beginnt ein Würgereiz.

Raus! Raus! Raus!

Er springt auf. Kann sein Bein ohne Probleme belasten. Und stürmt aus dem Krankenhaus. Luft, frische, wunderbare, klare Luft!

Plötzlich hat er wieder einen klaren Kopf. Was tut er da? Er hat ein gebrochenes Bein oder nicht? Er bewegt es. Keine Schmerzen, nichts. Seltsam, aber ihn soll es nicht stören. Er geht nach Hause. Wundert sich noch kurz über die Geschehnisse im Krankenhaus, denkt dann aber nicht mehr weiter darüber nach. Das ist ihm zu kompliziert.

Er macht einen gemütlichen Spaziergang mit seiner Freundin am Strand. Sie scheinen allein zu sein. Nur sie, als sei die ganze Welt nur von ihnen bewohnt. Sie bleiben stehen. Er nimmt sie in den Arm. Dann ein Geräusch. Nicht das Rauschen des Meeres. Jemand kommt auf sie zu. Es ist zu dunkel um etwas zu erkennen. Aber etwas noch dunkleres wabert um den Fremden. Tiefe schwarze Aura. Er schiebt seine Geliebte hinter sich. Er spürt ihre Hände um seinen Arm. Es macht ihn stark. Es gibt ihm Mut. Er fragt nach der Absicht des Fremden. Keine Antwort. Der Fremde kommt weiter gerade auf sie zu. Langsam. Zielstrebig. Eine Hand wirbelt durch die Luft. Der Beschützer fällt. Bitte bring dich in Sicherheit! Sein letzter klarer Gedanke. Er hört sie kreischen. Seine Brust beginnt zu schmerzen. Er sieht nichts mehr. Hört nichts mehr. Leere in ihm. Die Schmerzen nehmen allen Platz ein. Er schreit.

Mit einem hektischen Luftzug wacht der Designer auf. Sein Herz wummert. Er liegt neben dem Sofa auf dem Boden. Der Traum, den er hatte, fühlt sich noch so nah an. So greifbar, aber als hätte nicht er ihn gehabt, sondern gelebt. Und trotz allem erinnert er sich nur noch schwammig an das Meer und das befreiende Gefühl. Alles verschwimmt, sobald er sich weiter darauf konzentriert.

Ein Klingeln. Klingeln? Was? Wo? Er kommt zurück aus seinen Gedanken. Dann rappelt der Mann sich auf. Das muss die Tür sein. Er öffnet sie.

Da steht sie. In ihrer vollen Pracht. Ihre wunderschönen funkelnden Augen, ihre lieblich duftenden Haare. Ihm läuft ein Prickeln den Rücken hinunter. Seine Arme wollen sie sofort packen und nie mehr los lassen. Er lächelt. Zwingt sich, es nicht zu übertrieben aussehen zu lassen. Bloß nicht die Kontrolle verlieren! Ruhig! Vollkommene Ruhe. Tief durchatmen! „Miss Thunder? Was verleiht mir die Ehre?", hört er seine Stimme. Sie wirkt unsicher. Er sollte sie in den Arm nehmen. Beschützen. Wenn er da ist, wird ihr niemals etwas zustoßen. Niemand kann an sie gelangen! Niemand!

„Mich bringen mehrere Gründe zu Ihrer, ich meine deiner, Haustür. Zuerst einmal möchte ich wissen, warum du aus dem Krankenhaus geflohen bist. Dein Bein war durch. Du hättest gar nicht laufen können dürfen. Dann wegen der Sache im Krankenhaus. Die mit dem Kuss. War das wirklich echt? Und dann muss ich dir leider noch ein paar Fragen bezüglich des Schattens stellen." mit einem Mal ist jegliche Ruhe aus seinem Körper. Er fühlt sich verletzt. Das kann nicht sein. Das darf nicht sein. Aber was soll er machen? Er muss ihr weiterhin so viel Wahrheit preisgeben, wie ihn nicht auffliegen lässt. Wie im Krankenhaus. „Komm doch rein. Ist nicht viel da, aber wir finden schon etwas zum sitzen. Ich habe ein paar Probleme mit der Einrichtung, da ja mein altes Haus abgebrannt ist. Und nun zu deinen Fragen: Ich habe einen komischen nun ja nennen wir es Anfall gehabt. Ich brauchte Luft und bin aus dem Krankenhaus gestürmt, um atmen zu können. Nichts weiter schlimmes, nur denke ich, dass ich nicht wieder dort hin kann, ohne, dass sich der Vorfall wiederholt. Aber mein Bein war plötzlich heile. Ich habe es selbst nicht verstanden. Und jetzt bin ich hier. Zu der Frage ob das wirklich war. Ja Gwen, ich habe mich Hals über Kopf in dich verliebt. Ich weiß nur nicht, wie weit ich gehen kann. Ich schätze ich war etwas überdreht und bin zu weit gegangen. Es tut mir Leid. Ich war nun einmal nie in vielen Beziehungen.", erklärt er ihr. Sie sitzt auf dem Sofa. Er hat sich ihr gegenüber an die Wand gelehnt. Nur weit weg bleiben, dass er die Kontrolle nicht verliert. „Es tut dir leid? Was meinst du?", will sie wissen. Jetzt hat sie ihn durcheinander gebracht. Mit einer solchen Frage hat er nicht gerechnet, aber sie ist von Natur aus neugierig, sonst wäre sie keine Wissenschaftlerin geworden. Vor allem keine, die ein körperloses Wesen jagt, das ihr Vater befreit hat. Ob sie weiß, wie man es bändigt? Er beantwortet lieber die Frage: „Das ich dich geküsst habe. Das war falsch." Sie steht auf. Warum steht sie auf? Dann kommt sie zu ihm herüber. Er wir nervös. Sie nimmt ihn ganz vorsichtig in den Arm. Er spannt sich an. Jetzt bloß nichts falsches tun! Ihre Stimme dringt an sein Ohr. Ihre Worte ergeben keinen Sinn: „Ich würde uns eine Chance geben!" Dann küsst sie ihm auf die Wange. Was nun? Er darf die Kontrolle nicht verlieren. Das wird nicht gut enden! Das kann nicht gut enden. Er fühlt sich seit einiger Zeit nicht, wie er selbst. Er muss jetzt vollständig er selbst bleiben. Keine Kontrollübergabe an sein „zweites" Ich. Er will Gwen. Es will Gwen. Für sich und sonst niemanden. Seine Gwen! Ganz allein seine!

Ihr Mund hat seinen erreicht. Er kann nicht mehr. Er muss sich hingeben. Ihr hingeben. Ihr Duft. Ihre weiche Haut! Gwen!!!

Er packt sie an der Taille. Ein Bild zuckt durch seinen Kopf.

Ein kleines Mädchen, das ganz allein im Flur steht. Von Dunkelheit umwabert. „Mami? Papi?" Keiner antwortet.

Er schreckt ein wenig zurück, aber sie scheint nichts zu merken. Seine Hände wandern langsam höher. Unter ihr Shirt. Ihre Hände gleiten seinen Hals herunter. Erreichen seine Brust. Wieder ein Bild.

Ein Mann fällt zu Boden. Weißes Licht wabert umher. Eine Frau schreit hinter ihm. Etwas dunkles ist auf dem hellen Boden. Es kriecht auf die Frau zu. Hat alles Licht aufgesogen. Die Frau kreischt erneut auf. Aus ihr löst sich auch dieses Licht. Schmerzen. Schreie. „Mami?"

Er reißt sich los. Das geht zu weit. Er hält sie einen Arm

weit von sich entfernt. Seine Augen brennen. Sein Kopf schmerzt. Die Wissenschaftlerin guckt ihn geknickt an. „Ich... Das kann ich nicht. Das schaffe ich nicht!" Sie mustert ihn verwundert. „Alles in Ordnung? Das ist doch nicht schlimm. Es ist nichts passiert!" Er ist verwirrt. Diese Bilder, als ob er sie erlebt hätte, als ob er dabei gewesen wäre. Seine Persönlichkeit ist wie gespalten. Ein Teil scheint andere Erinnerungen, als er selbst, zu haben. Wer war das Mädchen und das Ehepaar? Der eine Teil von ihm scheint es zu wissen, aber der Andere will es nicht glauben. „Nein, also es liegt nicht an dir. Denke ich. Ich sehe Bilder. Bilder von Menschen, wie sie sterben, glaube ich. Also es wirkt so. Und ich... ich will... nein ich kann... dann nicht...also, du weißt schon..." „Ja. Dann sollten wir jetzt vielleicht von etwas Anderem reden. Wie geht es mit deinem Shop voran?" Der Mann ist dankbar für die Ablenkung. Gemeinsam gehen sie nach unten. Er erklärt, wie er sich das Ganze gedacht hat. Nachdem sie nickend alles aufgenommen hat, beginnen sie die Wände zu streichen. Einen Teil farbig, einen Teil weiß, einen Teil farbig, einen Teil weiß. Die farbigen Teile in verschiedenen Farben. Aber alle frisch und freundlich. So können Kunde bei ihrer Lieblingsfarbe die Kleidungsstücke in eben dieser Farbe finden, wenn sie nicht von ihm beraten werden.Wenn alles gefärbt ist, braucht er nur noch Möbel und einen „Kassenwart".

Er sieht die Frau an. Sind die beiden nun in einer richtigen Beziehung? Er kann es nicht wirklich glauben. Sie ist so hübsch. Sie streckt sich gerade, um die Farbe bis unter die Decke zu verteilen. Ihr Shirt rutscht etwas hoch und gibt einen Teil von ihrem Bauch frei. Er muss lächeln. Wenn er sie so beobachtet, scheint sie für ihn in einer anderen Welt zu sein. Einer leuchtenden. Strahlenden. Freundlichen.

Der Mann geht zu ihr herüber und legt seine Arme um sie. Sie lehnt ihren Kopf gegen seine Brust und sagt: „Na? Alles wieder okay?" Er seufzt und nickt. Wenn sie da ist, immer!

„Tut mir Leid, aber das muss jetzt sein! Warst du letzte Nacht am Strand? Ein Mann ist gestorben, als seine Frau dabei war und sie hat gesagt es sei ein Mann gewesen. Ihre Beschreibung passt ziemlich genau auf dich zu. Zum Glück bin ich keine Polizistin, weil dann dürfte ich keinen persönlichen Kontakt zu einem Verdächtigen oder einem Opfer haben." Sie lächelt ihn an. Nein. Das kann nicht sein. Er war nicht am Strand gewesen. Oder? Warum hat er diese Panik in sich? Er hat nur vom Meer geträumt. Oder war er doch dort gewesen? Nur nicht geistig anwesend? Er wird ihr den Teil der Wahrheit sagen, den er für sicher hält. So wie immer: „Nicht, dass ich weiß. Ich hoffe ich bin nicht schlafgewandelt oder so." Ein Lachen von ihm. Hoffentlich klingt es nicht so panisch, wie er sich fühlt. Aber sie lächelt auch. „Gut. Ich kann mir auch nicht vorstellen, dass du jemandem weh tun könntest." Sie schmiegt sich wieder an ihn. Erleichterung macht sich in ihm breit. Er küsst sie auf den Hals und nimmt ihr die Farbrolle aus der Hand. Legt sie in einen Wassereimer und schließt die Farbe. Seine Freundin steht an der Seite, die sie gerade bemalt hat und beobachtet ihn. Ein paar Strähnen haben sich aus ihrem Zopf gelöst. Und sie hat etwas Farbe im Gesicht. Grün und rosa. Süß.

Der Mann geht zu ihr herüber. Er streicht ihr die Strähnen aus dem Gesicht. Sie schaut nach unten. Er wischt ihr die Farbe aus dem Gesicht und hebt dann ihr Kinn, sodass er in ihre wunderschönen Augen sehen kann. „Eine etwas seltsame Frage, aber willst du dich von mir bei einer Shoppingtour beraten lassen?" Erst guckt sie verwirrt, aber dann macht sich ein breites Lächeln in ihrem Gesicht breit: „Das ist wirklich eine etwas schräge Frage!" Dann gibt sie ihm einen Kuss auf den Mund und hackt sich bei ihm unter. „Aber gerne. Ich bekomme nicht oft so ein Angebot." Sie gehen gemeinsam aus der Tür und fahren in die Stadt.

Nach einigen Stunden und mit drei gefüllten Taschen, dessen Inhalt er ihr ausgesucht und gekauft hat, fahren sie zu ihr. Da er noch kein Bett hat, hat die Freundin beschlossen, dass er bei ihr schlafen soll. Der Mann trägt die Taschen ins Haus. Sie wird von einem Butler herzlich begrüßt. Er kommt ihm bekannt vor. Woher nur?
Der Butler sieht ihn misstrauisch an. Hat auch er das Gefühl, den Gegenüber zu kennen? Oder hat er nur Angst, dass der Mann der Frau weh tut?
„Hallo! Ich bin David Owel! Ich bin Modeberater und Designer!", er weiß einfach nicht, was er sagen soll, also hält er dem Mann zu Begrüßung die Hand hin. Der Butler nickt beinahe unmerklich und verlässt den Flur. Die Frau wirft den Autoschlüssel gekonnt in eine Schale. „Das ist Hank. Er ist wie ein Vater. In gewisser Weise. Ich denke er hat einfach Angst um mich. Aber normaler Weise ist er vollkommen freundlich. Sag mal. Das ist mir schon mal aufgefallen. Sind deine Haare irgendwie heller

geworden?" Heller? Warum heller? Er sieht in den Spiegel. Tatsächlich seine dunkelblonden Haare wirken blasser. Blonder. „Aber ich mag es leiden!", sagt die Freundin. Sie wuschelt ihm die Frisur kaputt und springt kichernd weg.

Nein! Sie darf nicht weg. Er muss sie fangen! Er muss sie festhalten! Sie darf nicht mehr gehen! Nie wieder! Sie ist sein! Und das für alle Ewigkeit!

Er springt ihr hinterher: „Du böses Mädchen! Ich kriege dich! Dann räche ich mich! Wo bist du? Hey, kommst du wohl her?" Es ist kein Spiel! Sie will wirklich weg!

Nein! Sie wird ihn nicht verlassen!

Doch und zwar für einen Anderen! Einen echten, vollkommenen Mann! Nicht so einen Halben! Nicht so einen Schwachen, der sich für Frauenmode interessiert.

Nein, sie ist verliebt. Er wird vielleicht um sie kämpfen müssen, aber sie wird bleiben!

Die Gedanken schießen durch seinen Kopf. Er fällt auf den Boden. Hält sich den Kopf. Er hört Schritte hinter sich. Es ist die Freundin. Sie darf nichts davon mitbekommen. „Alles in Ordnung?", sie klingt besorgt. Er atmet einmal tief ein. Verdrängt die Gespräche. Er wirbelt herum, schmeißt sich auf sie und sagt: „Jetzt schon!" Beide liegen auf dem Boden. Sie haut ihm auf die Schulter, aber eher kokett und verspielt, als boshaft: „Du bist gemein! Ich wäre entkommen! Ich habe mir nur Sorgen gemacht!" „Früher oder später wärst du so oder so zu mir zurück gekommen und dann hätte dich nichts mehr vor meiner Rache geschützt!", meint er mit einem Zwinkern. Seine Ellenbogen beginnen zu schmerzen. Er rollt sich auf die Seite und schaut auf sie hinab. Er kann nicht fassen, dass das wirklich ist. Bestimmt wacht er gleich auf und liegt im Krankenhaus. Allein. Aber er will den Traum genießen.

Die Freundin streicht mit einem Finger seinen Oberkörper hinab. Sein Magen krampft zusammen. Die alt bekannte Gier steigt auf. Er muss sich zusammen reißen! Nicht jetzt. Nicht, wo der Butler so gruselig ist. Als sie am Bauchnabel ankommt, lächelt sie: „Komm mit! Ich will dir was zeigen!" Sie rollt sich total sexy über die Seite und steht auf. Die Stimme in ihm schreit schon wieder. Sie läuft weg. Halt sie! Sie darf nur ihm gehören. Er muss aufpassen. Langsam steht auch er auf. Folgt ihr. Es geht eine Treppe rauf in ihr Schlafzimmer. Es ist richtig gemütlich mit braunem Holz, wo man nur hinsieht. Ein Fenster zeigt einen verwilderten Garten. Aber nicht schlimm verwildert, sondern schön. Es gibt das Gefühl man sei der einzige Mensch auf Erden. Man bewohnt allein die Welt...man bewohnt allein die Welt? Als Pärchen? Woher kannte er das?

„Wow! Es ist richtig schön hier oben!", sagt er, während er den Blick nicht vom Fenster lassen kann. Ihre Hand ist auf seiner Wange und führt so seinen Blick davon weg, hin zu ihr.

Sie gehört ihm. Nur ihm. Für jetzt und gleich. Und vielleicht auch für immer. Vielleicht? Nein sie wird ihm gehören. Für immer! Sein. Alles! Ihr Haar, ihre Augen, ihr Körper, ihr Lachen. Einfach alles!

Er geht schnell auf sie zu. Nimmt sie. Küsst sie. Die Bilder werden ihn nicht schocken! Streichelt sie. Drückt sie. Die Bilder werden ihn nie wieder verängstigen! Erkundet sie.

Er will sie. Jetzt!

Es ist Morgengrauen. Er ist am Laufen. Trainieren für den nächsten Marathon. Läuft in den Wald. Die Tauben gurren. Es raschelt unter seinen Füßen. Die Bäume knarren vom Wind. Alles wie jeden Morgen. Seine Atmung gleichmäßig. Links, rechts, links, rechts. Ein unbekanntes Geräusch. Er verlangsamt. Ein Summen. Er läuft vorsichtig weiter. Eine Bewegung hinter ihm. Er dreht sich um. Nichts. Eine Bewegung rechts. Nichts. Seine Atmung wird unkontrolliert. Hektisch. Er sieht sich weiter um. Ein Widerstand. Er befindet sich auf dem Boden. Er sieht auf. Ein großer schwarzer Mann. Schwebend. Der schaut hinab. Der Wald füllt sich mit blauem Licht. Der Fremde lächelt. Ein Schmerz in der Brust. Ein Ziehen. Silbrig weißes Licht wabert hinaus. Zu dem Fremden. Er schreit auf. Sein Blick verschwimmt.

Akt 3: Die Liebe

Als die Frau aufwacht, ist das Bett leer. Er ist weg. Seine Seite gemacht. Wo ist er? Warum hat er ihr nicht gesagt, dass er geht? Sie wickelt sich in die Decke ein und kramt ihre Kleider zusammen. Sie wird noch einmal mit der Frau des Opfers reden. Irgendetwas stimmt bei ihrer Aussage nicht ganz, das spürt die Wissenschaftlerin. Sie zieht sich eine Jeans und ein rotes T-Shirt an. So wie ihr persönlicher Berater und Freund es ihr geraten hat. Das betont ihre Figur und ergänzt sich mit ihren strahlenden Augen.

Sie schlüpft in ihre schwarzen Pumps und fährt zum Haus

der Frau. Die Straße ist hypnotisierend. Sie starrt auf die Fahrbahnmarkierung. Schwarz. Weiß. Schwarz. Weiß. Schwarz. Er liebt sie. Er liebt sie nicht. Er liebt sie. Er liebt sie nicht.

Ein Hupen reißt sie zurück in den Verkehr. Sie schaut auf ihren Tacho. 10 km/h. Innerorts. Die Frau reißt sich zusammen und innerhalb kürzester Zeit ist sie dann auch da.

Sie steigt elegant aus dem Auto. Zuerst der Fuß, dann der Rest. Ganz langsam. So faszinierend, wie die Frauen in Filmen. Sie macht es nicht absichtlich. Sie weiß nicht einmal, dass es so aussieht. Dann dreht sie sich um und schließt ihren Wagen ab. Mit ein paar selbstbewussten Schritten ist sie an der Tür. Sie klingelt. Eine verweinte Frau macht auf. „Gwen Thunder, guten Tag! Kann ich Ihnen noch ein paar Fragen zu ihrem Freund stellen? Ich bin Wissenschaftlerin und gehe an diesen Fall anders heran, als die meisten Polizisten. Natürlich nur, wenn sie es verkraften!"

Die Frau nickt, deutet der Wissenschaftlerin, dass sie hinein kommen solle. Sie tritt ein und wird in ein kleines Wohnzimmer geführt. Taschentücher liegen überall herum. Die Frau lässt sich mit hängenden Schultern auf ihr Sofa fallen. Die Wissenschaftlerin bleibt stehen. „Erzählen sie mir etwas über ihren Freund!", versucht sie die Weinende aufzubauen. Ihr Handy vibriert. *Ein neuer Toter, männlich, selbes Muster!* Der überfreundliche Polizist hatte ihr geschrieben. Zeitgleich seufzten die zwei Frauen. Die trauernde von ihnen begann zu erzählen. Ganz leise. Tränen liefen ihr wieder über die Wangen: „Er war charmant. Mit einem Lächeln hat er

jeden auf seine Seite bekommen. Ich musste immer aufp-
p-passen, dass ich nicht eifersüchtig werde. Aber ich
wusste, dass er mich liebt. Nur mich...Er h-h-hat für mich
gekocht, wenn ich bei der Arbeit spät dran war, er hat
mich massiert, wenn ich wieder verspannt war. Total
aufmerksam!" Sie bricht vollständig in Tränen aus. Die
Wissenschaftlerin hat keine Ahnung, was sie tun soll. Sie
kennt diese Frau nicht, wie soll sie sie nun beruhigen? Sie
hat einen Verdacht, aber ohne die Hilfe der Frau, kann sie
ihn nicht bestätigen. „Ganz ruhig! Kann ich Ihnen etwas
Gutes tun? Sie zum Essen einladen? Oder auf ein
Schokoladeneis? Ich weiß, dass es hart sein muss, wenn
jeden Tag wieder Menschen vorbeikommen, die meinen
Ihnen zu Helfen, indem Sie den Täter finden. Ich weiß
aber auch, dass das Einzige, was Sie im Moment wollen,
ist, ihn noch einmal in den Armen zu halten. Wenn sie
nicht wollen, dass ich oder auch andere Sie weiterhin
belästigen, schlage ich Ihnen einen Deal vor." Die
weinende Frau hört langsam auf zu schluchzen.
Scheinbar hatte die Wissenschaftlerin einen Nerv
getroffen. Ich halte Ihnen die Polizei vom Leib, dafür
müssen Sie mir aber einen letzten Gefallen erweisen. Ist
das ein Deal? Ein letztes Mal gezwungener Maßen an den
Abend erinnern!?" Die Frau sieht sie mit verweinten
Augen an und nickt ein weiteres Mal. Gut. Jetzt muss die
Forscherin nur noch geschickt Fragen stellen, um heraus
zu finden, ob der Schatten mittlerweile wirklich in einem
Menschen steckt und vor allem, dass er ein Mann
geworden ist.
Sie hat lange darüber nachgedacht und es ergibt nur Sinn,
wenn der Schatten in eine menschliche Hülle geschlüpft

ist. Und nach weiteren Überlegungen, warum nur noch Männer die Opfer sind, ist sie auf die Idee gekommen, dass er so versuchen könnte die Rivalen auszuschalten, da er nie zuvor welche hatte. Und außerdem hat er wohl auch schon begonnen Gefühle zu entwickeln, sonst wären die Nebenbuhler nicht so gefährlich.

„So erinnern Sie sich bitte an den Abend. Erzählen Sie mir jede noch so unscheinbare Kleinigkeit, die Ihnen einfällt."

„Wir waren am Strand, aber das wissen Sie sicherlich. Das Meer rauschte herrlich. Es war ein wenig frisch, es schließlich Herbst. Er hat mir seine Jacke gegeben. Das er nicht gefroren hat. Nur in Pulli. Und seine Umarmung war so warm und wohltuend. Dann hörten wir Schritte auf dem Sand. Eine dunkle Gestalt näherte sich uns. Er wollte wissen, wer es ist, aber es kam keine Antwort. Er wollte mich beschützen. Ist das nicht tapfer von ihm? Er stellte sich zwischen mich und den Fremden. Ich weiß nicht, wie das alles geschah, aber etwas weißes löste sich aus seiner Brust und in meinen Händen brach er zusammen." Sie hat es geahnt! Der Schatten war mittlerweile ein Mensch oder besser in einem Menschen! Die Wissenschaftlerin will noch mehr wissen: „Können Sie sich an den Fremden erinnern? Wie sah er aus? War er männlich, was fiel an ihm auf?" Stille. Die Frau starrt in die Leere.

„Es war definitiv ein Mann. Zu kräftig für eine Frau. Ich weiß nicht genau, was er trug. Es war ja dunkel, aber er war nicht sonderlich groß und kräftig, durchschnittlich eben. Seine Augen konnte ich sehen. Sie waren hell. Ich bin mir nicht sicher, ob weiß oder grau. Sie haben geleuchtet, als dieses Licht, oder was das war, um sein Gesicht waberte. Und ich mag verrückt sein, aber seine dunklen Haare leuchteten auf! Und als das Licht weg war, ging ein hellblonder Streifen von seinem Haaransatz aus und lief zu den Spitzen und verblasste. Und dann erschlaffte mein Freund." Die Frau brach in Tränen aus. „Danke! Das hat mir schon um einiges weiter geholfen. Soll ich Sie jetzt sofort in Ruhe lassen, oder erst noch auf ein Eis einladen? Ich habe gehört das soll gegen Herzschmerz helfen?", scherzt die Wissenschaftlerin. Die Frau schüttelt mit dem Kopf. Also steht die Andere auf und geht allein zur Haustür. Sie kommt an der Küche vorbei. Sie geht hinein und legt ihre Visitenkarte auf den Küchentisch und schreibt hinzu: *Wenn Sie eine Schulter zum anlehnen oder ein Ohr zum ausweinen brauchen!* Dann verlässt sie das Haus endgültig.

Es ist also wahr. Der Schatten ist ein Mann. Jetzt muss er sich nur noch verraten! Dann hat sie ihn. Aber wie vernichtet man etwas, was niemand kennt?

Er muss brennen. Schatten vertreibt man mit Licht. Sehr dunkle Schatten mit sehr hellem Licht. Aber kann man einen Schatten verbrennen? Darf man einen Menschen verbrennen, wenn ein böses Etwas dahinter steckt, dass den Menschen kontrolliert?

Sie fährt zum nächsten Tatort. Ihre „Lieblingsermittler" warten schon auf sie. Sie geht auf sie zu. Sie hebt eine Augenbraue und lässt ihren Blick in Richtung des Opfers schweifen. Übereifrig bekommt sie auch schon eine Antwort auf die unausgesprochene Frage: „Ein Sportler, war wohl beim Training. Wir lassen gerade die nächsten Läufe checken, aber wir haben wenig Anhaltspunkte, wer er gewesen sein könnte. Eiskalt. Keine Anzeichen auf einen Kampf oder einen Überfall. Das Selbe. Wie immer. Ein Mann, ohne Grund tot! Die Presse wird sich freuen!" Ist gerade wirklich Ironie in der Stimme gewesen? Wird ihr das Plappermaul doch noch sympathisch? Sie nickt. Ähnlicher Körperbau, wie die anderen Männer, Größe passt, Haarfarbe ähnlich. Der Schatten entwickelt ein Beuteschema. Das bedeutet, er muss eine Vorliebe für etwas haben, was wiederum heißen muss, dass er Bindungen eingehen kann, sprich er entwickelt tatsächlich Gefühle. Faszinierend! Das bedeutet aber auch, dass er Fehler machen wird, mithilfe denen sie in der Lage sein müsste ihn zu finden.

Die Jagd ist eröffnet!
Ich werde dich finden!

Sie lächelt. Sie strahlt eine Zufriedenheit aus, die jeden Feind unsicher werden ließe.
Ihr Handy klingelt erneut. „Thunder? … Warum bist du einfach gegangen? Hättest du nicht einen Zettel hinterlassen können? Ich war schon traurig! … Nein das kann ich nicht verstehen! Du warst einfach weg! … Nein! Was hättest du denn an meiner Stelle getan? … Na gut bis nachher!" Sie legt auf. Was fällt ihm denn ein einfach zu gehen und sich dann Stunden nicht zu melden. Und dann kommt er auf einmal an und will sie sofort sehen. Sie lebt ja nicht für ihn! Nur weil sie jetzt in einer Beziehung sind, heißt es noch lange nicht, dass er über sie verfügen kann! Mistkerl! Aber ein lieber, kreativer, hübscher, zärtlicher, verständnisvoller Mistkerl!

Sie fährt in ihr Labor. Er wird jetzt erst einmal auf sie warten müssen. Er will sie in einem Café treffen. Aber sie plant zu spät zu kommen. Sie ist eine emanzipierte Frau. Sie lässt sich nichts vorschreiben und sich nicht kontrollieren! Sie ist ihr Leben lang ohne die Kontrolle von irgendwem groß geworden. Das soll sich jetzt nicht ändern.

Die Frau ist zu Hause angekommen. Gekonnt schmeißt sie ihren Schlüssel in die Schale und steuert zielstrebig die Tür zu, unterirdischen Labor an. Sie steigt die Treppen herunter. Sie öffnet die Tür zu ihrem weißen Labor. Sie sieht die leeren Reagenzgläser und Glaskolben an. Wie vertreibt man Schatten? Mit Licht. Und sehr dunkle Schatten? Mit sehr hellem Licht. Wie erzeugt man sehr helles Licht? Indem man Magnesium verbrennt. Wird es reichen? Kann man den Schatten so vertreiben oder muss man wirklich den Menschen verbrennen, um das Dunkel in seiner Seele zu vertreiben? Ist überhaupt noch eine Seele in einem Körper, der von einem Wesen besessen ist, dass sich von Seelen ernährt?

Er ist am Kochen. Sie wird gleich noch Mittag essen, bevor sie wieder weg ist. Er hat sich immer um sie gekümmert, war wie ein Vater. Sie ist immer noch so klein und verletzlich, obwohl sie schon erwachsen ist. Wo bleibt sie nur? Sie ist schon so lange weg! Dieser fremde Mann hat ihr den Kopf verdreht. Die Tür geht zu. Das muss sie sein. Schritte nähern sich der Küchentür. Gleich kommt sie rein und grüßt ihn. Er dreht sich um. Das ist sie nicht! Das ist ER! Sein Herz setzt aus. Der andere Lächelt. „Sie gehört mir!" Etwas silbernes Licht beginnt sich aus seiner Brust zu Lösen. Schmerzen. So viele Schmerzen. Zu viele Schmerzen für einen alten Mann! Warum? Er schreit! Er kämpft. Versucht das silbrige Licht zu greifen. Es schmerzt mehr. Zu. Viele. Schmerzen. „Nein!" Er schreit. Er gibt nicht auf. Das silberne Licht umspielt den Mund des Angreifers. Will. Es. Schaffen! Sie. Muss. Es. Wissen. Er verliert. Bricht zusammen. Die fremden Füße bewegen sich zur Tür. Schwärze!

Ihr Handy kündigt eine SMS an. *Wo bleibst du? Es ist wichtig!* Nein! Jetzt erst recht nicht. Sie ordert bei den Ermittlern die Bilder der letzten Opfer an, wartet ein paar Minuten, ob sie sie per Mail schicken, oder wenigstens antworten, aber es kommt nichts zurück, also geht sie langsam die Treppe hoch, zieht sich in aller Seelenruhe um, wirft sich einen Mantel über und geht gemächlich zum Auto. Auf dem Weg zu Café fährt sie extra 10 km/h unter der Geschwindigkeitsbegrenzung. Sie wird angehupt und schräg angeschaut. Schließlich fährt sie mit einem schicken Sportwagen. Auf dem Weg dorthin kommt eine Meldung im Radio:
Achtung eine Warnung an alle! Ein Patient ist aus dem Krankenhaus entlaufen. Er ist vor kurzem halb tot eingeliefert worden. Er ist verrückt. Attackiert Pflegerinnen und Besucher. Scheint sich an nichts zu erinnern. Die Polizei macht schon jagt auf ihn. Seien Sie alle vorsichtig. Egal ob Tag oder Nacht. Wir haben mit einer Pflegerin gesprochen, die von ihm angegriffen wurde: „Er ist total verrückt. Er ist mir manchmal nachts schlafwandelnd begegnet. Ich habe ihn dann versucht zurück in sein Bett zu bekommen. Normal ist er da auch

festgebunden gewesen. Aber morgens waren die Fesseln immer auf geknotet. Und wenn ich versucht habe ihn anzusprechen, ist er auf mich losgegangen. Tagsüber wirkte er, als würde er regenerieren, aber nachts, da schien es, als hätte der Mann keine Seele!"

Da haben wir doch wieder unseren Schatten! Der Einzige, der die Anschläge überlebt hat. Wenn mir David alles geklärt ist, dann wird sie sich den entlaufenen Verrückten vornehmen.

Zwanzig Minuten nach der SMS kommt sie in dem Café an. Ihr Freund sitzt an einem Tisch hinten in einer Ecke.

Die Frau mag das kleine Café mit dem Glöckchen über der Tür, das immer bimmelt, wenn jemand den Raum betritt. Die Besitzerin ist eine nette alte Dame. Und das Wortspiel in dem Namen des Cafés fand die Wissenschaftlerin schon immer lustig „Hobbs herum". Die Besitzerin heißt Frau Hobbs und man kann eben „herum" kommen und sich einen Kaffee und einen der leckeren Kuchen gönnen.

Sie geht zu ihrer Verabredung hinüber. Er ist blass. Seine Haare sind schon wieder etwas heller geworden. Er wirkt nervös. Seine weiße Hand umklammert einen leeren Becher. Sein Blick geht starr in die Luft. Er sieht erst zu ihr auf, als sie schon am Stuhl ihm gegenüber ist. Seine Beine wippen nervös auf und ab. Er bringt so etwas wie ein Lächeln hervor. „Ich...du...also..." Angst ist in seinen Augen. Was ist passiert? „Was ist los?", will die Frau wissen. Der Mann springt auf, wirft dabei den Stuhl um und greift nach ihrem Handgelenk. Seine Hand ist eisig. Sein Griff fest. Er muss ihren erschrockenen Blick bemerkt haben und und lässt sie wieder los. Seine

Kiefermuskeln spannen sich an und entspannen sich wieder. Langsam hebt sich seine Hand zu ihrem Gesicht. Ein kalter Finger fährt vorsichtig ihre Brauen nach, dann um das Auge herum zur Nase. Sie lehnt ihre Stirn gegen seine Hand. Er wird ruhiger. Ihre Hand führt seine zu ihrer Wange. Sie hält ihn weiterhin dort fest. Seine andere Hand legt sich auf ihre Taille und zieht sie zu sich heran. Sie umarmt ihn.

„Was ist passiert?", fragt sie erneut. Er drückt sie noch einmal etwas fester und schiebt sie dann von sich. Sein Gesicht immer noch blass.

„Ich habe Träume. Schlimme Träume. Ich sehe tote Menschen. Ich habe das Gefühl, dass ich der Grund für ihr Sterben bin!", er zittert. „Aber das ist doch nicht schlimm! Das sind nur Träume. Du hast deine Familie verloren und gibst dir nun die Schuld daran. Das ist völlig normal!", sie will ihn beruhigen. Er schüttelt den Kopf. „Dieses Mal war es anders. Ein Traum, wie ein Wunsch, nicht ausgeführt, konnte nicht! Sonst waren sie so real. Ich habe ihnen in die Augen geschaut. Ihr sterben genossen. Nichts bereut. Dieses Mal konnte ich nicht. Dieses Mal war es Hank! Ich...", seine Stimme versagt. Seine Augen glitzern. Er wird anfangen zu weinen. Er hat wirklich Angst. „Hey", sie nimmt seine Hände: „Hank geht es gut. Ganz bestimmt! Wenn du willst, weiche ich nicht mehr von deiner Seite, bis die bösen Träume aufhören." Er nickt, wenn auch nicht sonderlich überzeugt. „Pass auf, morgen Abend ist ein Ball. Da gehen wir gemeinsam hin. Ein wenig Ablenkung, ein wenig Tanz. Das wird bestimmt toll." Er nickt nur.

Sie bestellt noch einen Kaffee und drückt den heißen

Becher ihrem Freund in die Hand. Vielleicht würde er so auftauen.

Die Frau begleitet ihn in seinen Laden. In der Wohnung darüber ruft sie alle seine Kundinnen an. „Tut mir wirklich Leid, Frau Hamson, aber Herrn Owel geht es nicht sonderlich. Er fühlt sich einfach nicht in der Lage. Und was bringt es ihnen, wenn durch seinen Zustand ihr neuer Look nicht mehr zu Ihnen passt?... Ja es tut uns wirklich schrecklich Leid...Ja...Jaa...Ja! Auf wiederhören.“

Sie legt auf und bringt das Telefon auf die Ladestation. Dann geht sie zurück ins Wohnzimmer und setzt sich neben ihren Freund auf die Couch. Das eine Bein zieht sie unter ihren Hintern, mit dem anderen Fuß malt sie Kreise auf den Boden. Sie umklammert den Arm von ihrem Freund und lehnt sich gegen seine Seite. Er zittert. Sie streichelt seinen Arm, küsst ihn auf die Wange. Sie steht auf und holt eine Decke. Vorsichtig drückt sie ihn aufs Sofa und deckt ihn zu: „Schlaf jetzt und ruhe dich ein wenig aus. Ich bleibe hier sitzen.“Sie küsst ihn auf die Stirn und dunkelt den Raum, soweit es zu der Tageszeit geht, ab. Sie setzt sich vor das Sofa. Er atmet ruhig. Ein. Aus. Ein. Aus. Ein. Aus. Scheinbar ist er eingeschlafen. Seine Lider zucken, aber er bleibt ruhig. Sie lehnt den Kopf gegen das Sofa, schließt die Augen...

Es ist das perfekte Wetter für eine herbstliche Motorradtour. Er zieht sich seine Ledersachen an. Die Hose betont seinen wohlgeformten Hintern. So schauen ihm oft die Frauen nach. Er lächelt sich im Spiegel zu. Zwinkert ein letztes Mal und schnappt sich die Schlüssel.

Er öffnet die Tür. Da steht ein Mann. Lächelt. Ein kaltes Lächeln. Er tritt einen Schritt zurück in seine Wohnung. „Was wollen Sie? Ich habe keine Zeit!" Der Fremde macht einen Schritt auf ihn zu. Sein Blick. Wahnsinnig. Er kommt näher. Zu nah. Der Mann schlägt zu. Seine Faust rutscht durch den Fremden hindurch. Als wäre er ein Geist. Ein Schatten. Schmerzen in seiner Brust. Etwas silbriges löst sich hinaus. Schmerzen. Schreie. Der Fremde lächelt. Nimmt das Licht in sich auf. Seine Haare leuchten weiß. Weiterhin Schreie. Sie hallen im Treppenhaus wider.

Eine Hand streicht ihr über den Kopf. Sie wird wach. Der Freund lächelt sie an. Beschämt sieht sie auf den Boden. Sie wollte bei ihm bleiben, nicht einschlafen. „Tut mir Leid" „Nicht schlimm, du bist auch nur ein Mensch. Wir sollten lieber sehen, dass du für morgen etwas Hübschen zum Anziehen hast." Sie streicht die Strähnen, die sich aus ihrer Frisur gelöst haben, hinter ihr Ohr. Im Anschluss richtet sie sich auf und zupft sich ihre Kleidung zurecht: „Gut, dann lass uns aufbrechen!"
Schnell hat sich das Paar fertig angezogen und ist aus der Wohnung heraus und auf dem Weg in die Stadt. Dort gehen sie in verschiedene Läden auf der Suche nach einem Kleid, dass zu der Wissenschaftlerin passt. Sie probiert vieles an.
In die engere Auswahl kommt ein figurbetontes, langes, rotes Kleid mit einem Schlitz bis auf Kniehöhe, der mit silbernen Strasssteinen verziert ist. Ein filigranes Muster auf dem Nackholderträger macht das Kleid noch etwas eleganter. Das zweite Kleid ist dunkelrot und ohne

Träger. Über dem rechten Hüftknochen ist es mit einem silbernen Schmetterling verziert. Durch den weiten Rock fühlt sich die Frau wie eine Prinzessin. Darüber ist noch eine blassrosa Stoffschicht, durch die man die ursprüngliche Farbe hindurch schimmern sehen kann. Nachdem sie beide Kleider dreimal angezogen hat, entscheidet sie sich für das Dunkelrote.

Für den Mann kaufen sie noch eine Krawatte mit einem farblich abgestimmten Hemd. Natürlich auch passend zu ihrem Kleid. Sakko, Hose und Schuhe müsste er noch haben.

Sie fahren zu ihm. Das Paar sieht sich einen Moment in seiner Wohnung nach seinen Kleidern um und nach einer Weile werden sie auch fündig. Etwas zerknittert, aber der Anzug dürfte noch passen. Und auch die Schuhe sind dabei. „Perfekt!", sagt die Freundin und gibt ihm einen Kuss auf die Wange. Er lächelt und legt den Bügel mit seinen Kleidern vorsichtig an die Seite. Er dreht sich um und legt seine Hände auf ihre Taille Sie hebt ihre Arme und platziert sie elegant um seinen Hals. Sie schwanken leicht hin und her. Finden einen Rhythmus. Werden eins. Sie drehen sich. Verlassen gedanklich die Welt. Unendliche Weiten. Kein Raum. Keine Zeit. Nur sie zwei. Tanzend. Eine Einheit. Sie lehnt ihren Kopf gegen seine Brust. Er küsst sie auf ihr Haar.

Es könnte so perfekt sein...

Ein Klingeln. Die Beiden schrecken aus ihrer Trance heraus. Was ist es? Das Telefon? Die Tür? Ein Handy?

An der Tür ist niemand und die Telefone zeigen keinen entgangenen Anruf an. Die Wissenschaftlerin schaut aus dem Fenster. Zwei Jungen laufen kichernd über die Straße. Verdammte Kinder und ihre Streiche! Sie haben diesen schönen Moment kaputt gemacht. Er hat sich gerade beruhigt. Keine Ängste mehr gehabt!

Sie dreht sich um, lehnt sich gegen die Wand und schaut zu ihrem Partner. Er sieht müde aus. Kaputt. Fertig. Sie muss ihn irgendwie ablenken, müde bekommen. Er braucht Schlaf. Sie drückt sich von der Wand ab und geht zu ihm herüber. Er sieht sie kommen. Lächelt. Es überzeugt sie nicht. Aber wen wundert es, dass er Alpträume hat? Er hat Frau und Kind verloren und sie ist nur eine Art Ersatz.

Sie zeichnet mit ihrem Finger seinen rechten Wangenknochen nach. Sie sieht ihn verträumt an: „Lass uns einen Film gucken und dann zu mir gehen? Dann können wir auch sehen, dass es Hank gut geht!" Langsam nickt er. Dieses mal ist er nicht überzeugt.

Sie fahren ins Kino.

Der große Saal wird dunkel, als sie sich auf ihre Plätze gesetzt haben. Der Vorhang geht auf. Der Film fängt an. Irgend so ein Actionfilm. Es war das erstbeste, was der Wissenschaftlerin eingefallen war. Und er hat einfach zugestimmt, ohne groß zu zögern. Sie hackt sich bei ihm ein. Legt ihren Kopf gegen seine Schulter. Sein ganzer Körper wirkt steif und angespannt. Sie nimmt seine Hand. Diese ist eiskalt. Über den ganzen Film hinweg entspannt er nicht. Bei keiner Szene ein Lachen oder auch nur ein Lächeln. Keine Reaktion. Nichts

Nach dem Film steigen sie ins Auto und fahren zu ihrem abgelegenen Häuschen. Sie parkt auf dem Kiesweg vor der Haustür und steigt aus. Er bleibt sitzen. Starrt auf das

Armaturenbrett. „Es war so real! Ich habe Angst da rein zu gehen!" „Da passiert schon nichts. Hank ist ein alter aber starker Mann. Dem ist nichts passiert. Komm!" Vorsichtig steigt er aus dem Auto und wirft die Tür zu. Sie nimmt seine immer noch kalte Hand und sie gehen zusammen hinein. „Hank! Ich bin zu Hause!", ruft sie in das stille Haus. „Hank!?",fragt sie etwas lauter. Die Hand ihres Freundes zuckt weg. Sie hält ihn fest. Er darf jetzt nicht fliehen. Sie zieht ihn mit in die Küche. Alles still. Töpfe stehen mit halbfertigem Essen auf dem Herd. Sie geht durch das Esszimmer in das Wohnzimmer. Auf dem Sofa liegt der Mann. Sie lässt ihren Freund los und geht um das Sofa herum. „Hank, alles in Ordnung?" Mit leerem Blick liegt der Butler da. Er starrt sie an. Etwas flackert in seinen Augen. Dann ganz plötzlich ist er da. Springt auf. Dreht sich um. Sieht den Freund. Wimmert und lässt sich zurück auf das Sofa sinken. Er kauert sich zusammen und starrt wieder ins Leere.

Die Wissenschaftlerin schaut ihren Butler voller Sorge an. Dann hilflos zu ihrem Freund. Sein Kopf zuckt hin und her. Seine Haare werden heller und heller. Seine Augen wechseln blitzartig die Farbe. Er schließt die Augen. Kneift sie zusammen. Sieht wieder normal aus. Die Frau stolpert zurück. Dann zuckt ihr Freund wieder. Schlagartig sind seine Haare silbern und seine Augen grau und kalt. „Du gehörst mir!", haucht er. „Nur mir! All die Jahre habe ich darauf gewartet. Seit deine Eltern mich geschaffen haben! Meine hübsche Kleine! Jetzt kann dich mir keiner mehr wegnehmen!" Er legt den Kopf schief. Ein Stöhnen. Er ist wieder normal. „David!", kreischt die Frau und stürzt zu ihm. Er sinkt zu Boden. Atmet schwer.

„Nein, geh weg! Ich bin ein Monster!", keucht er. „Nein, bist du nicht!" Mit zitternden Händen nimmt sie seinen Kopf und zwingt ihn sie anzusehen. Seine Augen flackern. Sie werden wieder grau. „Hallo meine Kleine!" Er lächelt schief. Seine Augen strahlen. „Die ganze Zeit hast du mich gesucht und gejagt, meine Hübsche! Ich habe mich nach deiner Nähe gesehnt! Habe meine Kraft gesammelt. War dir immer nah! Und jetzt gehörst du mir! Oh meine Kleine!" Tränen treten in ihre Augen. „David! Wo bist du?" „David!? Es gibt keinen David! Der ist mit seiner Frau gestorben! Es gibt nur mich! Der, der dir immer nah war. Im Schatten auf den Richtigen Augenblick gewartet hat. Nur mich - meine Kleine - und dich! Ich werde dich vor all den bösen Männern beschützen! Küss mich meine Kleine!" „Nein!", schreit die Wissenschaftlerin und springt auf. Sie hatset aus dem Raum.

Sie rennt in den Flur. Hinter ihr der Mann, den sie einst liebte. In den Keller! In den Keller! Er ist hinter ihr. Schwebt über den Boden. Sie rennt. In ihren Ohren pocht das Blut. Ihr Herz hämmert. Er ist es! Er ist es! Was soll sie tun? Was vertreibt Schatten? Licht. Sie stolpert die Stufen herunter. Hinter ihr seine Präsenz. Sie hält sich an der Wand fest. Wirbelt um die Kurve. Sie hört seine Schritte auf dem kalten Steinboden. Sie stürzt in das Labor. Licht. Helles Licht! Magnesium! Sie springt zum Schrank. Ihre Hände zittern. „Klopf, klopf!" Er ist da! Er nähert sich ihr. Da! Magnesium! Mit zitternden Händen packt sie es. Windet sich um den Tisch. Erst einmal Abstand! Feuerzeug? Sie sieht sich um. Wo ist das verdammte Feuerzeug. Er lächelt. Geht um den Tisch. Etwas zischt. Ein kleines Licht. Er hält es in der Hand. Ihre Arme verkrampfen. Das Magnesium in ihrer Hand. Langsam kommt er näher. „Küss mich meine Kleine!" Seine grauen Augen herausfordernd. Sie schaut auf das Feuerzeug in seiner Hand. Langsam geht sie auf ihn zu. Schritt für Schritt. Das Magnesium fest in der rechten Hand. Das Feuerzeug in seiner Linken. Sie fest im Blick. Sie stehen beieinander. Ganz nah. Sie schaut ihm in die Augen. Hält seinem Blick stand. Eine Hand in ihrem Nacken. Er drückt sie gegen sich. Küsst sie. Schließt die Augen. Begierig. Darauf hat sie gewartet. Ihre linke Hand legt sie an seinen Nacken. Das Magnesium an die Flamme. Es entzündet. So hell. Sie drückt es gegen sein Shirt. Küsst ihn weiter. Er fängt Feuer. Sie küsst ihn weiter. Die Flammen ziehen sich über seine Schulter weiter. Er hält inne. „Du wirst mit mir sterben!" Sie weiß es. Sie wird sterben. Sie hält das brennende Magnesium gegen ihre Hose. Dann wird sie sterben! Keine Seele wird er mehr rauben! „David?" Kurz flackert seine Augenfarbe. „Ich liebe dich!" Die Augen grau und eiskalt. Er schreit auf. „Nein! Du liebst ihn nicht! Es gibt ihn nicht! Du liebst nur mich!" Er schmeißt sich auf sie. Sein Shirt ist vollkommen am Brennen. Und die heißen Flammen an ihrem Bein züngeln in alle Richtungen weiter. Sie fällt auf den Rücken. Spürt seine Hände an ihrem Kopf. Es schmerzt. Sie sieht ihm in die Augen. Sie füllen sich mit Tränen. „Nur mich! Du liebst nur mich!" Er schüttelt sie. Es tut weh. Ihr wird schwindelig.

Er steht in Flammen. Es riecht nach verbranntem Fleisch. Das Labor steht in Flammen. Ihre Haut brennt.

Es sticht. Sie sagt nichts. Er hält sie fest. „Du bist mein! Meine Kleine! Gwen! Du wirst immer mir gehören!" Er schreit. Die Luft wird knapp. Das ganze Haus steht in Flammen. Sie weiß es. Das Ende ist nah. Bilder verschwimmen. Er wird leiser. Sie schließt die Augen. Knistern. Knacken. Krachen. Stimmen.

Akt 4: Der Wunsch nach Vergebung

Er steht in der Stadt. Seine Mutter ist schon weiter gegangen. Der Junge steht an einem Brunnen. Dort sitzt eine junge Frau. Er geht zu ihr. Setzt sich. „Na junger Mann! Wo sind denn deine Eltern?", fragte die junge Frau. Der Junge zeigt in die Richtung seiner Mutter: „Da ist meine Mama! Meinen Papa gibt es nicht." Die Frau schaut ihn schockiert an. „Mein Papa war böse! Er hat Menschen weh getan und musste gehen!" Die junge Frau runzelt die Stirn. „Er hat Dinge getan, die nicht richtig sind. Er wurde bestraft." Die Frau weiß nicht, ob sie weggehen, oder den armen Jungen in Arm nehmen soll. Sie rutscht nervös hin und her. Sie zeigt Angst. Unsicherheit. Der Junge lächelt. Er weiß genau, was er tun wird. Seine Mutter ist zurück gekommen. Sie kennt diese Frau. Trotz der Narben, die sich über ihr Gesicht ziehen, ist sie immer noch hübsch. So wie, als sie ihr versprach den Mörder ihres Mannes zu finden. „Shadow, wo bleibst du?" Sie nimmt ihn an die Hand und zieht ihn von der Frau fort.

Sie sitzt vor ihrem Fernseher. Werbung. Katzenfutter. Seit ihr Mann vor fast zehn Jahren vor ihren Augen gestorben ist, wünscht sie sich eine Katze. Es klingelt. Sie geht zu Tür. Niemand da. Sie geht zurück. Setzt sich. Sie schaut zum Fenster. Der Junge! Er lächelt. Sie zuckt zusammen. Reibt sich die Augen. Schaut wieder hin. Er ist weg...Es klopft. Wieder. Sie bekommt Angst. Gänsehaut. Sie steht auf. Geht zur Tür. Sie zittert. Öffnet die Tür. Niemand da. Nur ein Korb. Weißes wabern um ihn herum. Eine Decke darüber. Sie bewegt sich. Die Frau bekommt Angst. „Komm schon! Du bist erwachsen! Eine erwachsene Frau!" Sie schluckt. Beugt sich hinunter. Berührt die Decke. Das weiße Wabern umschlingt ihren Arm. Panik! Sie will es abschütteln. Es gelingt nicht. Es wandert weiter den Arm hoch. Umschlingt ihren ganzen Körper. Plötzlich. Ruhe. Eine Umarmung. Wie von ihrem Mann. Ein Maunzen. Die Decke bewegt sich. Ein kleines weißes Kätzchen kommt zum Vorschein. Die Brust der Frau erfüllt sich mit Glück.

Novumurbis

Sie steht an der Klippe. Der Wind weht in ihren Haaren. Ihr Kleid wirbelt um ihre Beine. Ihre nackten Füße auf dem kalten Stein. Über ihre Wangen laufen Tränen. Das Leben ist für sie vorbei. Es hat alles keinen Sinn mehr. Es wäre so einfach. Es ist so einfach. Einen Sprung und sie würde in die Leere stürzen. Die Tiefe. Das Ende. Das System kann ihr nichts mehr anhaben. Es rauscht in ihren Ohren. Unter ihr zerschlagen die Wellen an der Klippe. Sie geht einen Schritt nach vorne „Marie!", hört sie eine leise, bekannte Stimme. Nein. Sie will nicht mehr. Nicht einmal John könnte sie beruhigen. „Marie! Nicht!", die Stimme kommt näher. Sie hört sie keuchen. Gleich würde sie da sein. Es muss John sein. Sie geht noch einen Schritt. Ihre Zehen krallen sich um die Kante. Es gibt kein zurück mehr. Sie springt. Sie fühlt die Freiheit. Die Ruhe. Es hat ein Ende. Die letzten Tage ziehen an ihr vorbei. Die Tage, mit denen alles angefangen hat.

Marie riss ihre Augen auf. Weißes Licht durchströmte den Raum. Sie war in ihrem Schlafzimmer aufgewacht. Es war Montag. Zeit für die Arbeit.
Neben ihr schlief John noch. Er sagte immer, wie sehr er ihre blonden Locken liebte, ihre strahlenden blauen Augen. Er sagte es immer, wenn sie traurig war. In letzter Zeit war das immer öfter.Sie betrachtete ihren Mann. Seine verwuschelten

braunen Haare und seine noch geschlossenen Augen. Hinter seinen Lidern, das wusste sie genau, waren die funkelnd grünen Augen verborgen. Sie waren grüner und fröhlicher als das Grün von den künstlichen Blättern, die an den Bäumen draußen wuchsen. Und auch grüner, als das Grün von den Frühlingsbäumen, die sie einmal durch Zufall im Scirelimitata - der Suchmaschine - gefunden hatte. Damals hatten die Bilder sie gefesselt. Nicht mehr losgelassen. Als sie sie abends John zeigen wollte, konnte sie sie nicht mehr wieder finden. Er meinte, sie hätte es wahrscheinlich nur geträumt. Sie hatte ihm geglaubt.

„Liebling, es wird Zeit!", sie küsste ihm auf die Stirn und schwang sich aus dem Wasserbett. Marie durchschritt das Zimmer und blieb vor dem Schrank stehen. Sie starrte hinein. Sie wollte eigentlich etwas dunkles anziehen, aber es gab nur pink oder knallig grün oder leuchtend blau. Sie seufzte und schnappte sich ein hellblaues Kleid mit rosa Blumen darauf. „John, komm schon! Die Arbeit ruft.", sie stupste ihn an. Er murrte. Wie jeden Morgen. Aber Marie lies nicht locker und scheuchte ihn aus dem Bett.

Auch er zog sich die grässlich fröhlichen Farben an. Dann frühstückten sie gemeinsam. Eigentlich frühstückte nur John. John aß für sein Leben gern und das sah man ihm auch an. Marie dagegen verabscheute es. Sie aß nur das Nötigste und das sah man ihr an! Ihr Schlüsselbein war immer zu sehen und auch ihre Hüftknochen konnte man auch ohne Probleme erkennen. Ihr gefiel es. John meinte, sie sei etwas zu dünn, widersprach ihr jedoch nicht. In ihren Augen waren sie das perfekte Paar.

John arbeitete in der Lebensmittelfabrik am Rande der Stadt und stellte das künstliche Essen mit exakt den Nährwerten, die ein Mensch täglich braucht, her. Marie hingegen arbeitete in einem Café, wo die Einwohner belohnt wurden, wenn sie über ihr tägliches Pensum an Arbeit kamen. Sie durften sich dann zum Beispiel einen Muffin, Kuchen oder Torte abholen. Marie kümmerte sich dort darum die Anmeldung zu überprüfen. Sie ging zu Fuß zur Arbeit.

Die Straßen waren lila, wie immer. Drei Meter über ihnen schwebten die Autos, die mit einem elektromagnetischen Kraftfeld in der Höhe gehalten wurden. Jedes Auto sah anders aus. Jeder war individuell. Zumindest äußerlich. Marie ging an den fröhlichen Häusern vorbei. Alle sahen anders aus. Sie unterschieden sich nicht nur in der Farbe, sondern auch im Baustil. Nur in der Grundfläche konnte man keine Unterschiede entdecken. 20M² für jeden Erwachsenen. Nicht mehr, nicht weniger und pro Kind bekam man 10m² hinzu. Sollte das Kind erwachsen werden und ausziehen, wurden die Quadratmeter gestrichen. Jeder wurde gleich behandelt. Jeder bekam das Gleiche. Dem Entsprechend musste geplant werden.

Marie kam an den künstlichen Bäumen vorbei. Die fliederfarbene Rinde war aus einem metallischen Material. Die grünen Kunststoffblätter produzierten und reinigten die Luft. Wie die Technik dahinter funktionierte, war Marie unerklärlich.

Sie hoffte bei ihren morgendlichen Spaziergängen Farbe zu bekommen. Jeden Tag schien die Sonne. Immer war es wohlig warm. Wie auch diesen Montag. Was sollte auch sonst für Wetter sein? Etwas anderes wäre nicht fröhlich.

Alle Menschen, die ihr begegneten, begrüßten sie mit einem fröhlichen Lächeln, das mit deren bunter Kleidung um die Wette strahlte. Marie versuchte zurück zu lächeln. Sie spürte das Lächeln in ihrem Gesicht. Die Mundwinkel leicht nach oben gehoben. Kleine Grübchen in der Wange. Aber sie wusste, dass es ihre Augen nicht erreichte.

Egal, wann sie aufwachte, schien alles zu strahlen. Die Menschen. Die Häuser. Die Kleidung. Die Bäume. Und trotz allem stimmte etwas nicht. Das wusste Marie. Sie wurde das Gefühl nicht los, dass sie die Sonne eigentlich spüren müsste, dass Bewegung in der Umgebung sein müsste. Andere Bewegung, als die, die von den Menschen und Autos ausging.

Sie spazierte also zu ihrem ihr zugeteilten Arbeitsplatz. „Hallo!", begrüßte ihre Freundin Alvi sie. „Hi!", sagte Marie und band sich ihre Schürze um. Sie stellte sich hinter den Listenscanner. „Wir haben die Lieferung schon erhalten. Die schienen es heute besonders eilig zu haben. Die Ware sieht heute wieder himmlisch aus!", flötete ihre immer fröhliche Kollegin.

Marie sah auf die Namensliste. Keine neuen Namen. Keine seltenen Namen. Es waren eigentlich immer die selben Personen, die sich ihren Bonus verdienten. In vielen Berufen war das auch einfach nicht möglich. Sie zum Beispiel. Wie sollte sie es denn schaffen mehr zu Arbeiten, als ihr tägliches Pensum die paar Namen von der Liste zu streichen und die Lebensmittellisten ein zu scannen? Oder Alvi. Wie sollte ihre Freundin mehr Ware ausräumen, als geliefert wurde? Oder abends mehr Ware in den Recycler zu schmeißen, als über war? Oder wie sollte sie die Kunden noch besser beraten, als mit ihrer fröhlichen Art? Sie traf immer den Geschmack des Kunden.

Trotz der allgemein und offiziell vorherrschenden Gleichheit, gab es wohl doch Privilegierte und weniger Privilegierte. Aber das störte sie nicht. Sie aß ohnehin nicht gerne und so war zumindest nicht jeder wie der Andere.

„Oh guck dir mal diese Torte an!", schwärmte Alvi: „Am Liebsten würde ich sie sofort aufessen. Aber dafür ist sie andererseits viel zu hübsch verziert!"

Sie hatte recht. Diese Tortee sah wirklich cremig und lecker aus. Aber essen wollte Marie sie sicher nicht. Sie konnte die Vorstellung nicht verkraften, dass das Essen im Grunde nichts als nährstofflose Pampe war, die mit Farbe und Aromen in Form gebracht wurde. John hatte es ihr mal erklärt. Nur die Lebensmittel, was von Monatsbeginn an auf der Lebensmittelliste stand, hatte genau die Menge an Nährstoffen, die ein Mensch im Monat brauchte. So nahm man durchschnittlich 100% des Bedarfs zu sich, ohne auf irgendetwas achten zu müssen. Alles war geregelt. Marie hatte nach dieser Erklärung jeglichen Appetit verloren. Mittlerweile wollte sie sich nicht mehr vorschreiben lassen, was wovon sie wie viel im Monat zu essen hatte.

Ein „Kunde" kam herein. Sie sollten Kunden genannt werden, auch wenn sie nicht wirklich etwas kauften. Eigentlich waren es eher Belohnte. Sie kamen schließlich nicht, weil sie das Bedürfnis hatten, sondern weil es vorgeschrieben war und sich Durchschnittsmenschen nicht den Geschmack von Backwaren entgehen lassen wollten.

„Einen wunderschönen guten Morgen Marie!", begrüßte Nick sie. Er war Postbote. Ein besonders schneller. Er schien immer hochmotiviert und schaffte seine Leistungen immer unter der vorgeschriebenen Zeit. Natürlich zum Neid vieler seiner Kollegen. Obwohl es in diesem kleinen Ort keinen richtigen Neid gab. Es waren ja alle immer fröhlich und gut gelaunt.

„Guten Morgen Nick!", grüßte sie zurück: „Kann ich bitte deine Liste haben?" „Bitte sehr! Heute nur eine Kleinigkeit. Meine Strecke war gestern länger. Aber das ist in Ordnung, so konnte ich mal andere Leute treffen. Wusstest du, dass in der dritten Straße eine wunderschöne Frau wohnt? Sie hat ein Paket vom Regler höchstpersönlich zugesandt bekommen und ich durfte es ihr überbringen. Sie heißt Ramona und..." Marie hörte Nick nicht weiter zu, als er von seiner Traumfrau zu schwärmen begann. Das interessierte sie einfach nicht. Tatsächlich, heute standen Nick nur 100g zu.   „...ihre Augen. Von strahlendem blau..." „Tut mir Leid dich unterbrechen zu müssen Nick, aber du darfst dir heute 100g raus suchen.", warf Marie dazwischen. Alvi kam aus dem Lager und beriet Nick bei seiner Auswahl. Sie war dabei immer so freundlich und die Kunden waren immer zufrieden mit ihr, obwohl sie selbst noch nie ein Stück gegessen hatte. Eigentlich hatte sie eine Belohnung verdient. Nick kam zu Marie zurück und reichte ihr seine Portion. Marie scannte sie. Genau 100g. Alvi hatte ein so gutes Auge für Gewichte. Sie lag nie daneben. Marie gab ihm seine Portion zurück und strich ihn von der heutigen Liste. Morgen, das wusste Marie genau, würde sie ihn wieder sehen.

Alle waren in Novumurbis so fröhlich und glücklich wie Nick, abgesehen von Marie. Interessanter Weise sehnte sie sich nicht danach genauso fröhlich zu sein. Sie wollte sich nicht mit dem zufrieden geben, was sie besaß. Außer John war ihr alles zugeteilt worden. Und so war sie auch überglücklich John zu haben, aber sie wollte raus aus Novumurbis. Sie wollte in die Welt hinter der Wand. Was da wohl alles war? Abgesehen von der Wüste, die man immer durch die Kuppel sah. Aber sie konnte nicht weg. Die Wand hatte keinen Ausgang. Es war eine Halbkugel über die Stadt gestülpt. Wozu sollte man sie auch verlassen? Sie hatten alles, was man zum Leben brauchte dort. Es gab alles umsonst. Man hatte einen Arbeitsplatz, der vielmehr eine sinnvolle Beschäftigung war. Niemand wusste, was geschah, wenn man sein Pensum nicht erreichte. Es wurde gemunkelt, dass die Menschen, die es nicht einhielten, über Nacht durch schwarze Schatten verschwunden seien und nie wieder gesehen wurden. Andere erzählten, diese Menschen seien verrückt geworden und hätten sich selbst das Leben genommen.Was ein Quatsch. Die Bürger hier waren viel zu zufrieden, um sich selbst ein Ende zu bereiten. Aber die Geschichten reichten, um alle an der Arbeit zu halten.

Nachdem Marie den letzten Namen von der Liste gestrichen hatte, machten sie und Alvi sich daran die restlichen Backwaren in den Recycler zu geben. „Weißt du Marie, ich wünschte, ich dürfte auch mal so ein Stück Kuchen essen. Ich habe ja noch nie eins gehabt. Auch zum Geburtstag habe ich noch nie einen Kuchen bekommen. Immer andere Sachen. Ich will mich da gar nicht drüber beschweren, nur möchte ich so gerne auch mal ein Stück probieren oder auch nur einen Keks. Das sieht alles immer so fantastisch aus.", plapperte Alvi. „Ich nicht wirklich. Das macht doch nicht satt und ist nur ungesund!", sagte sie. Sie durfte John nicht verraten. Wer weiß, ob Alvi nicht vielleicht falsche Kontakte hatte. „Aber das soll alles so unglaublich gut schmecken! Und Nick wird doch auch nicht dicker! Ich will es nur einmal probieren!", Alvis Augen strahlten wie die eines kleinen Kindes, das zum ersten Mal einen Lolli bekam. „Mops dir doch morgen einfach was vom Rest. Wir sitzen hier schließlich an der Quelle!", Marie hatte das nicht ernst gemeint, trotzdem war Alvi schockiert: „Wie kannst du nur auf so eine Idee kommen? Stehlen ist böse!" „Ich meinte das doch nicht wirklich so!", verteidigte sich Marie, aber Alvi war anderer Meinung: „Du solltest auch im Spaß nicht auf solche Gedanken kommen! Damit fängt solch ein Unheil nur an!"

Sie hatten den Laden abgeschlossen und waren schon auf dem Weg nach Hause. Alvi bog in ihren Eingang ein. Sie wohnte in einem babyblauen Haus mit weißen Blümchenfenstern. Ganz alleine. Sie hatte zwar einen festen Freund, aber sie war noch nicht bereit mit ihm zusammen zu ziehen. „Bis Morgen Marie und vergiss, was du heute gesagt hast. Das werde ich auch! Wusch und weg ist der Gedanke!", mit einer federnden Handbewegung verschwand Alvi hinter ihrer blumigen Haustür.

Marie ging den Rest des Weges alleine nach Hause. Plötzlich hatte sie das Gefühl alle würden sich zu ihr umdrehen und besonders freundlich grüßen. Aber das war ein kaltes Grüßen. So kam es ihr zumindest vor. Sie beschleunigte ihre Schritte.

Dann stand sie vor Johns und ihrem pinken Haus. Als sie es bekommen sollten, war pink ihre Lieblingsfarbe gewesen und John hatte darauf bestanden, dass die Außenwände pink werden würden. Die Fensterrahmen leuchteten türkis und rund, weil in ihrer Beziehung bisher alles rund gelaufen war. Mit einem Gefühl der Leere schloss Marie die Haustür auf. Das Schloss reagierte auf DNA und ließ sich so nur von den Eigentümern öffnen.

Sie setzte sich in ihr rosiges Wohnzimmer und sah sich das sinnlose Fernsehprogramm an. Es lief irgend so eine Serie über ein Mädchen, dass sich jeden Tag die Haare in einer neuen Farbe färbte und vor dem großen Problem stand, dass sie nicht wusste, was sie anziehen sollte. Heute waren Farbkombinationen mit blau dran. Pallea hießen sowohl das Mädchen als auch die Serie. Das waren so die größten Probleme, die die Menschen in den Seien hatten. Auf dem Wissenskanal „Logos" wurden Tiere gezeigt, die brutal über andere Tiere herfielen und sie zerfleischten. Der Kommentator erklärte: „Sie sind gefährlich. Sie sind unberechenbar. Das ist die Natur außerhalb unserer sicheren Kuppel. Darum haben wir sie erreichtet. Damit keines dieser gefährlichen Biester mehr eindringen kann und uns zur Gefahr werden könnte. Unsere Stadt ist der sicherste Ort der Erde! Ein hoch auf Novumurbis! Ein Hoch auf unseren Regler Magnus Malum!"

Die Serie war zu Ende. Es wurden irgendwelche Quellen angegeben und Namen angezeigt, aber Marie konnte sich nicht vorstellen, dass das, was sie da al Quellenangabe las, stimmte. Sie wollte nicht glauben, dass außerhalb der Kuppel alles grausam sein sollte. Sonst wäre der Mensch auch nicht so friedlich im Umgang miteinander.

Sie schaltete den Fernseher aus und ging auf den mit grünem Teppich überzogenen Balkon. Sie hatte einige Plastikblumen aufgestellt. Es sollte aussehen, wie sie sich die Natur vorstellte. John sah sie immer seltsam an, wenn sie davon schwärmte aus der Stadt in die Wildnis zu gehen. „Was willst du dich den

Gefahren aussetzen? Wir haben doch alles hier! Wozu das Glück riskieren?", sagte er dann immer und nahm sie in den Arm. Sie würde alles für ihn tun, sogar für immer in dieser Kuppel leben, aber vom Träumen konnte er sie nicht abhalten. Darum nannte er sie auch gerne liebevoll seine Träumerin.

Sie gehörte das Geräusch der Tür. Sie lief in den Flur zur Haustür und warf sich kichernd in Johns Arme. Seine warmen starken Arme. Sie legten sich um sie. Marie fühlte sich sicher und geborgen. Sie war wieder vollkommen bei sich. Wenn er da war, ging es ihr gut. Er küsste ihr aufs Haar. Das liebte sie so unglaublich. Es war jedes Mal aufs Neue so, dass sie ihn nie wieder loslassen wollte. Er war so weich und roch so angenehm. Einfach irgendwo hin verschwinden und zu zweit alleine alt werden. Er holte sie aus ihren Träumen zurück nach Novumurbis.

„Ich habe Post für dich mitbekommen.", sagte er und gab ihr den Chip mit ihren Initialen. MD für Marie Dubium. Sie schob den Chip in ihre Lebensmittelliste und über dem Gerät erschien das blaue Hologramm vom Gesicht des Reglers Magnus Malum. Seine Stimme war warm, der Ton war weich, wie der eines stolzen Vaters: „Marie, du warst heute sehr fleißig. Ich bin der Meinung, deine Freundlichkeit gegenüber deiner Kunden sollte belohnt werden. So wirst du angespornt weiter eifrig deiner Arbeit nach zu gehen. Deine Belohnung wird gleich am Ende deiner Liste erscheinen. Ein Hoch auf Novumurbis!" Das Hologramm verschwand und

am Ende ihrer Liste erschien blinkend eine neue Zeile, in der stand: *Backware, 150 g*
„Wow, du hast dir ein Stück Kuchen verdient!", John strahlte vor Stolz und strich ihr über die Wange. Marie war Fassungslos. Sie hatte sich nicht anders verhalten als sonst auch. Um genau zu sein hatte sie heute sogar einen Fehler gemacht. Warum wurde sie nun mit Backware „belohnt"? Hieß das, dass die Anderen auch nicht für ihren Fleiß belohnt wurden? War dem Regler ein Fehler unterlaufen? Nein, das konnte nun wirklich nicht sein. Der großartige Regler Magnus Malum machte keine Fehler. Sie musste sich gut angestellt haben.

Am nächsten Morgen musste sie ihren Mann wieder aus dem gemütlich warmen Wasserbett scheuchen. Und ging wieder zur Arbeit. Marie zweifelte immer noch wegen des Kuchens, aber als sie in den Laden trat, dachte sie sich, dass müsste schon alles seine Richtigkeit haben.
Alvi war natürlich schon da.Freudig, wie immer. „Guten Morgen Marie! Gibt es etwas Neues?", zwitscherte sie, während sie die Ware im Café verteilte. Es war, als hätte sie es geahnt. „Guten Morgen! Ja lustig, dass du fragst! Ich habe Post bekommen. Mir stehen heute 150g Backware zu. Ich soll gestern besonders freundlich gewesen sein."; sie versuchte fröhlich zu klingen, obwohl sie der Meinung war, dass Alvi es viel eher verdient hatte und sie ihr so Leid tat. „Was? Das ist ja super! Oh, Marie, ich freue mich ja so für dich. Komm, wir

suchen dir was raus, bevor der große Ansturm los geht. Hier auf dieser Torte sind Blümchen. Die findest du doch immer so hübsch. Probiere die!", sprudelte Alvi los. „Alvi nein, das kann ich nicht machen! Du hast es viel mehr verdient!", wehrte sich Marie. Sie wollte nichts essen. Schon gar nicht von dem Kuchen. „Ach quatsch! Rede doch nicht so einen Stuss! Du hast dir das sehr wohl verdient! So und da ist er sowie so schon raus geschnitten! Jetzt musst du ihn eh essen! Perfekt! Genau 150g. Hier und jetzt genieße ihn!" Alvis ohnehin strahlenden Augen funkelten sie fröhlich an: „Nur sag mir bitte, wie er schmeckt, ja? Beschreibe es mir! Bitte!" Voller Erwartung saß sie Marie gegenüber, die es erst einmal scannte und sich von der Liste strich. Dann nahm sie eine kleine Gabel und trennte sich ein Stück ab. Langsam schob sie es unbehaglich in den Mund. Geschmacksexplosion. Er war weich. Etwas süß, etwas säuerlich. Von allem genau richtig. „Und?", wollte Alvi wissen. „Ich kann es nicht beschreiben. Es ist umwerfend! Probiere es selbst'!", antwortete Marie. Sie durchteilte den Kuchen in zwei Hälften und hielt Alvi das eine Stück hin. „Das kann ich nicht tun! Das steht mir nicht zu. Das ist deines!" „Du willst doch wissen, wie der Kuchen schmeckt, also nimm schon. Ich will es so." „Na gut!", in geduckter Haltung nahm Alvi den Kuchen, obwohl Nahrung zu teilen nur unter Mitbewohnern erlaubt war, sodass niemand in einen Vor- oder Nachteil kommen konnte. Sie biss hinein und begann noch kräftiger zu strahlte. Noch mehr, als ohnehin schon. „das ist unglaublich gut! Danke Marie!" Gemeinsam aßen sie den Kuchen auf.

In Marie breitete sich eine wohlige Wärme aus. Plötzlich ging es ihr super. Die ganze Welt schien zu strahlen und zu lachen. Alle Sorgen und Probleme waren vergessen. Zusammen mit ihrer besten Freundin machte sie sich an die Arbeit. Sie lächelte alle Kunden herzlich an und brachte sie mit Freude zum Lachen. Sie verwickelte sie in kleine Gespräche und fragte Nick nach seiner Traumfrau. Sie bestärkte ihn, er solle sie ansprechen. Mit ihr spazieren gehen, Novumurbis sei eine so schöne, sonnige Stadt. Es war ein so schöner Tag, was sollte schon schief gehen? Die Sonne strahlte, Alvi strahlte, Marie strahlte. Warum hatte sie jemals hier weg gewollt?

Auf dem Heimweg kicherten Alvi und Marie über alles mögliche. Und als John durch die Haustür kam, sprang sie auf ihn zu: „Ist es hier nicht wunderschön? Ich will hier nie wieder weg!" John lächelte „Ich weiß nicht, warum ich mit jemals diesen blöden Balkon gewünscht habe! Komm wir lassen ihn abreißen!" Das Lächeln verschwand. Er hielt sie besorgt an der Schulter eine Armlänge von sich weg und sah ihr tief in die Augen: „Marie, was ist mit dir los? Wo ist meine kleine Träumerin? Geht es dir nicht gut?" Er fühlte an ihrer Stirn, ob sie Fieber hatte. Hatte sie nicht. Sie legte den Kopf schief: „Nicht gut, wie kommst du denn darauf? Ich bin überglücklich!" Sie kicherte, drehte sich um und ließ sich nach hinten fallen. Er fing sie im letzten Moment, überfordert mit der Situation, auf.

„Marie, hast du irgendwelche Medikamente genommen, die dir nicht gut getan haben?", fragte er sie ernst, nachdem er sie wieder vor sich hingestellt hatte. „Wozu das? Mir geht es prächtig! Los, lass uns unser neues Haus planen! Oh wie wäre es mit einem Kind? John lass uns ein Baby in diese wunderbare, strahlend schöne Welt setzten!", sie zog an seinem Jackenärmel. Er wusste nicht weiter. Da war irgendetwas faul. „Marie du gehst jetzt sofort schlafen und nimmst nichts mehr zu dir!" „Nur wenn du mitkommst!", sie versuchte verführerisch zu klingen, kicherte dann jedoch und hüpfte den Weg ins Schlafzimmer. John kam ihr hinterher, setzte sich auf die Bettkante und verfolgte sie mit den Augen. Sie ließ sich neben ihn aufs Bett fallen, sodass es leichte Wellen schlug. Während sie noch auf und ab wippten, erzählte sie weiter von ihren tollen Zukunftsplänen.

Am nächsten Morgen kam ihr der vergangene Tag unwirklich vor. Sie konnte sich nur schwammig daran erinnern. Sie rieb sich die Schläfen und zog sich um. Sie machte sich auf den Weg zur Arbeit. Was war gestern so anders gewesen, als der Rest ihres Lebens? Sie hatte doch nur den Kuchen gegessen. Sie hatte den Kuchen gegessen! War vielleicht etwas im Essen, das sie vergessen ließ, was sie gestern gemacht hatte? Sie sprach Alvi darauf an. „Ja du warst gestern richtig lustig und gelöst! Es war total angenehm. Du hast doller gestrahlt, als zu der Zeit, als das zwischen dir und John anfing. Du hättest locker mit der Sonne mithalten können. Was ist denn passiert, dass du heute so … ernst wirkst?", Alvi hatte schon immer Probleme mit Wörtern wie schlecht drauf, traurig oder negativ gestimmt gehabt. Aber war das verwunderlich, wenn hier alle immer nur fröhlich waren? „Meinst du, das liegt daran, dass ich gestern Kuchen gegessen habe? Ich meine vielleicht ist allgemein irgendwas im Essen, dass uns stimuliert, sodass wir alle gut drauf sind. Und vor allem damit wir nicht darüber nachdenken, wie das Leben außerhalb von Novumurbis sein könnte.", sprach Marie ihren Verdacht aus. „Du zweifelst am System und am Regler? Marie, bist du krank? Es kann nichts schöneres, als das hier geben!", zum ersten Mal sah sie ihre Freundin entsetzt. „Pass auf, wenn du mir beweist, dass das alles hier mit rechten Dingen zu geht und morgen den ganzen Tag lang nichts isst, dann glaube ich dir, dem System und dem Regler!" „Du bist doch verrückt! Einen ganzen Tag ohne Essen? Das ist doch tierisch ungesund! Dann knurrt doch die ganze Zeit mein Bauch!", Alvi schüttelte den Kopf. „Warum? Ich esse seit Jahren kaum etwas. Abends ein wenig, damit nachts nicht der Magen zu knurren beginnt, aber sonst eigentlich nicht.", Marie schlug die Hände vor den Mund. Das hatte sie niemals jemandem erzählen wollen. Zumal sie der festen Überzeugung war, dass es eine Art ungeschriebenes Gesetz gab, dass verbot, dass man die Lebensmittel, die auf der eigenen Liste standen, nicht an Mitbewohner weiter gab, auch wenn es eigentlich erlaubt wäre. „Da haben wir ja dein

Problem. Dein Körper braucht die Nährstoffe und darum geht es dir nicht gut. Deswegen bist du so … trocken. Aber wenn es dich beruhigt und du danach wieder anfängst zu essen, werde ich morgen auf meine täglich Mahlzeiten verzichten." Dann scheuchte Alvi Marie zu ihrem Arbeitsplatz.

Sie erfuhr heute, dass Nick seine Traumfrau kontaktiert hatte und morgen ein Treffen anstand, wodurch er jetzt schon nervös wurde. Langsam kamen schwammige Erinnerungen von gestern zurück. So als ob sie sie im Fernsehen gesehen hätte und nicht wirklich dabei gewesen wäre.

Zu Hause legte sie sich auf ihren selbst gestalteten Balkon und starrte in den blauen Himmel. Keine Wolke zu sehen. Ob er wirklich diese Farbe hatte der Himmel? War er wirklich blass blau hinter der Kuppel? Es schien immer die Sonne. Nachts war es einfach dunkel. Man konnte dann nichts erkennen. Jeder Tag war hier drinnen, wie der andere. 16 Stunden Sonne, 8 Stunden Dunkelheit. Umgeben von der Wüste, die man durch die Mauer sehen konnte, war dies eine kleine Insel der Zuflucht der Menschen. Wenn sie die Wahl hätte, würde sie nicht hier bleiben. Aber die hatte sie nicht. Die Kuppel hatte keinen Ausgang und selbst wenn sie raus käme, gäbe es nichts in der Wüste, wovon sie leben könnte. Nur Sand. Sie war gefangen in einem Paradies gefüllt mit Langeweile. Sie begann zu weinen. Still und ohne sich zu bewegen.

Als sie die Tür hörte, wischte sie sich die Tränen aus dem Gesicht und ging ihren Mann begrüßen. Nur war es nicht ihr Mann, der da im Flur stand. Es war ein Mann ganz in schwarz gekleidet. „Marie Dubium? Ich bin Agent 0815, ich bin hergeschickt worden, um mit Ihnen zu reden. Sie verhalten sich in letzter Zeit auffällig. Wenn Ihnen ihre Freunde und Familie lieb sind, sollten Sie von nun an aufpassen, was sie sagen und tun, sonst werden Sie sich und ihren bekannten nur schaden! Es wird niemand von diesem Besuch erfahren, verstanden? Nicht Ihr Mann, nicht Ihre Freunde!" Marie nickte langsam. Gänsehaut lief ihr über die Haut. Sie hatte Angst.

„Sie sind uns schon lange aufgefallen, weil sie nicht so aktiv, freundlich und fröhlich sind wie alle Anderen. Außerdem ist uns zu Ohren gekommen, dass sie kaum etwas bis nichts essen. Das ist nicht gut für Sie! Sie sollten auch keine anderen Menschen dazu anstiften sich so ungesund zu ernähren. Wir bitten Sie dieses eine einzige Mal, sich anzupassen! Sollten wir noch einmal kommen müssen, wird das für Sie und Ihre Familie Konsequenzen haben! Haben Sie verstanden?" Wieder nickte Marie langsam. Sie kämpfte mit den Tränen. Er drehte sich um. Sie schluckte den Kloß hinunter: „Warten Sie einen Moment! Wer sind Sie ? Was sind Sie für eine Organisation? Ich dachte, wir wären frei, bräuchten keine Polizei!? Ich dachte, es gäbe nur nur den Regler, der belohnt und niemanden sonst!?" „Wir sind nur dazu da, um den Regler zu unterstützen. Niemand wir hier in seiner Freiheit eingeschränkt, wir werden nur geschickt, wenn der Regler keine Zeit hat." „Und woher haben Sie dann all die Informationen, wenn wir nicht in unserer Freiheit begrenzt werden würden, wenn wir nicht kontrolliert oder überwacht werden?", wollte Marie wissen. Aber der schwarze Mann sah nicht ein, ihr weitere Fragen zu beantworten: „Sie stellen zu viele Fragen! Lernen Sie sich zu beherrschen, leben Sie wie alle Anderen und werden Sie damit glücklich, oder Sie werden Schwierigkeiten bekommen. Ein Hoch auf Novumurbis!"

Marie stand alleine im Flur und verstand die Welt nicht mehr. Novumurbis sollte angeblich ein Stadt sein, die noch vor einer Atomkatastrophe, angeblich durch den Kapitalismus ausgelöst, errichtet worden war, um für Sicherheit und Freiheit zu garantieren. Die Menschen waren darin gesammelt worden. Gleichheit für alle, hieß es. Nach einigen Jahren, hatten die Menschen sich selbst eingemauert und konnten durch die Kuppel den Atomkrieg in sicherer Entfernung beobachten. Kein Kontakt zur Außenwelt, aber es wurde ja genug von Tod und Krieg berichtet, sodass man das auch gar nicht wollte. Den Morgen danach gab es nur noch Wüste. Das wurde zumindest den Kindern in der Schule erzählt. Wie auch ihr damals. Es wurde ihnen eingebläut, man bekäme hier alles, was man zum Leben bräuchte, es gäbe keinen Reichtum, keine Armut, alle wären glücklich und zufrieden. Es gäbe keine Gründe, warum man hier weg wollen sollte. Lange hatte Marie das geglaubt, aber spätestens nach diesem Besuch, glaubte sie kein Wort mehr. Irgendetwas schien hier faul zu sein. Langsam schienen sich ihre Vermutungen zu bestätigen, aber wie sollte sie nun vorgehen? Sie stand in ihre Gedanken vertieft, als sich die Tür erneut öffnete und ihr Mann herein kam. John sah sie dort stehen und nahm sie in den Arm: „Hallo meine kleine Träumerin. Bist du heute wieder in deine normalen Gedanken vertieft?" Er gab ihr einen Kuss auf die Stirn.

Sie kam zurück zur Welt und klammerte sich an ihrem Mann fest. Sie durfte ihm nichts mitteilen. „Ja,alles wieder gut." Er lächelte. Das Lächeln, was sie so liebte, was sie beruhigte, was ihr Herz erwärmte. Er ging sich etwas zu Essen machen. Sie hatte zwei Möglichkeiten. Entweder essen und vergessen oder brechen und erbrechen. Sie setzte sich erst einmal zu ihrem Mann und sah ihm dabei zu, wie er das tat, was er liebte und fand es schön.

Abends im Bett war er so schnell eingeschlafen. Aber Marie lag wach. Sie wusste einfach nicht, was sie machen sollte. Sie wollte die geheime schwarze Organisation und den Regler nicht damit davon kommen lassen, andererseits wollte sie nicht, dass ihre Freunde und Verwandten darunter leiden mussten, dass sie zu neugierig war. Sie rollte sich auf die Seite und weinte leise in ihre rosige Bettwäsche.

Sie wachte in den Armen von John auf. Das Kissen war noch feucht. „Hey, ich bin doch da! Alles ist gut!", murmelte er verschlafen und drückte sie fester an sich. „Ich muss zur Arbeit John! Und du auch. Es ist alles in Ordnung, ich habe nur schlecht geträumt.", flunkerte sie, als sie versuchte ihn von sich wegzudrücken. Es war schwer sich ganz aus der Umarmung zu lösen. Nicht, weil John sich wehrte, sondern, weil sie doch eigentlich wollte und es brauchte. Einfach liegen bleiben. Nie wieder aufstehen. Nicht arbeiten gehen. John davon abhalten und aus dem Bett das ganze System zerstören. Aber es ging nicht so leicht, wie sie es sich vorstellte. Sie nahm sich vor nach der Arbeit an der Kuppel entlang zu gehen, um dort vielleicht eine Art Tor oder Pforte zu finden. Aber erst stand die Arbeit mit Alvi an. Sie schaltete alle Lichter aus, schloss alle Fenster und ging los.

Als sie Café kam, war Alvi noch nicht da. Seltsam. Marie begann Alvis Sachen zu erledigen. Die Ware musste schließlich verteilt werden. Nach etwa einer halben Stunde kam Alvi an. Sie sah schrecklich aus. Die Haare zerzaust. Unter den Augen tiefe Ränder. Die Augen selbst nicht so am strahlen. Aber ihre Stimme klang beinahe so fröhlich wie immer: „Guten Morgen! Es tut mir schrecklich Leid. Ich habe gestern Abend schon nichts gegessen und bin heute Morgen vor Kopfschmerzen kaum aus dem Bett bekommen. Oh du hast ja schon mit meiner Arbeit angefangen, du bist ein Engel! Da geht es mir gleich viel besser", entschuldigte sich Alvi. Vom Verhalten wirkte sie eigentlich unverändert. Und doch war irgendetwas seltsam, oder bildete Marie sich das nur ein? Alvi wirkte hektisch und eckig, nicht eilig und zielstrebig. Sie sauste durch den Raum und verteilte alles. Als sie an Marie vorbei kam, fiel ihr ein rotes Taschentuch mit pinkem Stickmuster aus der Jackentasche. Marie hob es auf. Umgeben von einem filigranen Muster aus Blumen, erkannte Marie einen verschnörkelten Schriftzug: *„Du hattest Recht, Kaum Erinnerungen, werden belauscht!"* „Alvi hast du das gestickt? Es ist echt hübsch.", Marie hatte verstanden. „Ja. Weißt du, ich habe gestern Post bekommen, weil ich eine gute Freundin bin, habe ich mir eine Belohnung verdient. Einen Smoothie im *Saftladen* die Straße hinunter. Vor lauter Energie musste ich irgendetwas machen und da ist das Tuch entstanden.", Alvi strahlte so überzeugend. Hätte Marie nicht gewusst, was anders war, wäre ihr nicht aufgefallen, wie künstlich ihr Lächeln war. Marie zwang sich ein Lächeln ins Gesicht: „Ich wollte nachher einen Spaziergang machen, wollen wir den nicht mit deinem Kauf verbinden?", fragte Marie. „Oh ja das wäre schön. Nur wir zwei.Das haben wir schon viel zu lange nicht mehr gemacht."

Für Marie war es jetzt klar, sie würde keine Nahreung mehr zu sich nehmen, wenn es nicht irgendwie notwendig war. Alvi und sie würden schon einen Plan austüfteln, wie sie das alles bewältigen sollten. Nur sie zwei gegen eine unbekannte Zahl an schwarzen Männern.

Nach der Schließung räumten sie auch die restlichen Backwaren in den Recycler. Dabei fiel Alvi nicht nur der Kuchen samt Teller, sondern auch das Tuch in den Hechsler. „Oh nein das schöne Tuch! Jetzt ist es kaputt!", rief Marie. „Ach das ist halb so wild. Ich mache mir ein neues. Was bin ich heute auch so schusselig.", trällerte Alvi gekonnt. Sie hätte Pallea spielen sollen , so natürlich wie sie ihre Rolle gespielt bekam.

Sie gingen gemeinsam die Straße hinunter zum *Saftladen*. „Ich bin so aufgeregt. Das ist meine erste Belohnung! Ich verstehe nur nicht ganz, warum ich nicht einfach Kuchen haben kann, der war so gut. Aber vielleicht passt das ja mehr zu mir, ach was weiß ich denn?", kicherte Alvi. Aufgebaut war der *Saftladen*, wie ihr Café. Eine Kasse mit Scanner, Stühle und Tische und eine Bar, wo statt Kuchen und Muffins, Säfte und Smoothies ausgestellt waren. „Oh weh, das sind so viele! Und die sehen auch alle so gut aus!", gab Alvi von sich. Und wieder fiel sie nicht aus der fröhlichen Rolle. Aber vielleicht merkten die schwarzen Männer ja trotzdem etwas? Und dann...? Marie hatte Angst, dass ihre Freundin wegen ihr nun auch diesen unangenehmen Besuch bekommen könnte. Sie musste sie vorwarnen, nur wie? Wenn sie es jetzt tat, drohte Alvi wohl möglich noch schlimmeres, oder vielleicht würde sogar John eine Strafe wegen ihrer Dreistigkeit erhalten. Nein, sie musste sich zumindest etwas anpassen. Alvi hatte sich mit Hilfe des Beraters für einen Smoothie entscheiden können. Gemeinsam verließen sie den Laden wieder und spazierten zur Mauer. Alvi sah auf ihren Smoothie und sagte: „Ich bin so aufgeregt, ich traue mich gar nicht ihn zu trinken!" Aber Marie wusste, dass ihre Freundin nicht noch einmal unter diese Kontrolle zu geraten. „Ach so schlimm wird es schon nicht. So ein Getränk kann dir schließlich nichts antun." Aber sie wussten es beide besser. Da kam Marie ein Geistesblitz: „Und wenn er schädlich für deinen Körper wäre, würde es doch eh wieder raus kommen..." Mit ihrem Zeigefinger deutete sie sich selbst an den Mund. An Alvis Augen konnte sie sehen, wie sie verstand. Alvi nahm einen Schluck. „Was eine totale Geschmacksexplosion!", strahlte sie. Dann kippte sie sich den Rest hinterher. Als sie ein paar Meter weiter an einem der künstlichen Gebüsche vorbei kamen, blieb sie plötzlich stehen: „Du, ich glaube mir wird tatsächlich schlecht!" Sofort sprang sie hinter den Busch, der künstlich ihre Luft zum Atmen produzierte. Marie hörte ihre Freundin würgen. „Beim Regler! Alvi, geht es dir gut?" Einerseits wollte sie ihrer Freundin beistehen, andererseits wurde ihr schon schlecht bei dem Gedanken daran, was Alvi gerade von sich gab. Als Marie zwei Schritte in Richtung Gebüsch machte, kam Alvi jedoch lächelnd hinaus. „Alles Bestens!", beruhigte sie ihre Freundin, während sie sich mit dem Arm über den Mund wischte: „Ich habe wahrscheinlich nur zu schnell getrunken! Aber ich habe da etwas entdeckt! Marie in den Baumstämmen ist ein Muster! Ich dachte immer die wären glatt, aber sie wirken nur von weitem so. In Wirklichkeit haben sie ein wunderschönes Muster! Das musst du dir unbedingt ansehen!" „Das werde ich auf jeden Fall machen!"

Sie wanderten an der Mauer entlang. Aber ihnen fiel nichts ungewöhnliches wie ein Ausgang auf. Aber

Marie wusste, es musste einen Ausweg geben. Auch wenn die Mauer noch so undurchdringlich und die Wüste so unendlich wirkte. Sie bekam das Gefühl, dass sie eines Tages hier herauskommen würde. Aber erst wurde Zeit, dass sie nach Hause kamen. Bald würden die Lichter ausgehen und dann würde es schwer werden den Weg zu finden. Also kehrten die Beiden um und machten sich auf den Weg zu ihren Häusern. Den letzten Rest musste Marie alleine gehen, das war ihr klar, aber vorher nahm sie ihre Freundin noch in den Arm und flüsterte: „Morgen wieder? Wir müssen irgendwelche Beweise finden können!" Dann löste sie sich von ihr und sagte etwas zu laut für eine normale Verabschiedung: „Das war schön und hat echt Spaß gemacht! Wollen wir das morgen wiederholen?" „Auja! Auf alle Fälle!", antwortete Alvi mit einem Zwinkern. Sie war scheinbar in rebellischer Stimmung.

Am nächsten Tag wachte sie auf. Alles verlief normal. John ging zur Arbeit, sie schaltete die Lichter aus und verließ das Haus. Als sie draußen war, fiel ihr wieder ein, was Alvi über die Bäume gesagt hatte. Vorsichtig ging sie zu einem hinüber. Eigentlich sollte man die Grünflächen nicht betreten, aber in einer ruhigen Straße, wagte Marie es und erkannte auch sofort den Grund dafür. Es lag nicht daran, dass man die künstlichen Bäume nicht beschädigen sollte, sondern dass man die ohnehin gut getarnten Kameras wirklich nicht entdecken sollte. Marie spielte die Faszinierte und fuhr das

Muster des Baums nach. Die verschlungenen Muster und Kreise. „Das ist so faszinierend. So wunderschön und nur aus nächster Nähe erkennbar!", hauchte sie und strich auch um den Rand kleinen Auges, in welchem eine Kamera war. Unscheinbar und doch spiegelte sich die Umgebung ganz leicht darin. Der Regler war gut, aber nicht gut genug. Sie fuhr noch ein wenig verträumt die Konturen nach, bis sie Alvis Stimme hinter sich hörte: „Marie? Wo bleibst du denn? Ich habe mir schon Sorgen gemacht, aber ich wusste ja, dass dir hier nichts passiert sein konnte. Jetzt komm von den Baum weg, bevor dich noch jemand sieht!" Sie war wieder gewohnt fröhlich. „Ja, natürlich. Aber du hattest Recht, die Bäume haben wirklich ein einzigartiges Muster.", seufzte Warie und machte sich wieder auf den Weg zur Arbeit. Dieses Mal in Begleitung ihrer Freundin. „Ich muss leider unseren tollen Spaziergang absagen, ich habe eine Nachricht bekommen, dass ich direkt nach der Arbeit nach Hause kommen soll. Scheinbar bekomme ich hohen Besuch.", zwitscherte Alvi aufgeregt. Aber in ihrem Blick las Marie Trauer und auch Angst. „Ach, das ist nicht so wild, dann kann ich heute ein bisschen umräumen. Mein Schrank muss dringend neu sortiert werden." Alvi kicherte: „Du hast doch jetzt schon alles nach Farben sortiert, wie soll denn da noch mehr Ordnung hinein?"

Nach der Arbeit gingen sie gemeinsam den Teil des Weges, den sie immer gemeinsam gingen. Als Marie allein ihr Haus betrat, kam ihr etwas seltsam vor.

Sie wusste zuerst nicht genau, was es war, doch dann fiel ihr auf, dass in de Küche Licht an war. Hatte sie den Morgen vergessen das Licht zu löschen? Es klingelte. Sie ging zur Tür. Ein Postbote hielt ihr ein kleines Päckchen hin. MD, ihre Initialen. Sie nahm es lächelnd an und befürchtete schon das Schlimmste. Sie bedankte sich freundlich und der Postbote verschwand. Zitternd ging sie ins Wohnzimmer, dort ließ sie sich auf ihr Sofa fallen. Sie schob den Chip aus dem Päckchen in ihre Lebensmittelliste.

Das Hologramm von John erschien: „Hallo meine Träumerin. Ich bin auf ein Seminar eingeladen worden. Wir fangen morgens sehr früh an und hören erst zur Nachtruhe auf. Daher werde ich die nächsten zwei Wochen hier bleiben müssen und nicht nach Hause kommen. Du schaffst das schon meine Träumerin. Ich bin stolz auf dich!" Das Hologramm verschwand. Zwei Wochen ohne John? Wie sollte sie das nur aushalten? Hoffentlich passierte ihm dort nichts. Tränen liefen ihre Wangen hinunter. Sie wischte sie weg. Sie durfte nicht schwächeln. Sie musste stark bleiben. Das wollten die doch, dass sie einknickte und zur fröhlichen, naiven Sklavin wurde.

Ihr kam ein neuer Gedanke. Wozu brauchte der Regler so viele nicht denkende Sklaven? Wollte er sich nur mächtig fühlen, oder steckte vielleicht etwas größeres dahinter? Was brachte es ihm Menschen wie Kaninchen zu halten? Sie produzierten nichts, es gab kein Geld, keinen

Handel. Nichteinmal Tauschgeschäfte. Marie stand auf, schob die Gedanken beiseite. Sie wollte sich jetzt einen Moment ablenken und ihre nach Farben sortierten Kleider im Schrank umrangieren. Zu Zeit waren die Farben alphabetisch angeordnet, aber sie wollte einen Farbverlauf ausprobieren. Rot, orange, gelb, grün, türkis, blau, lila, pink.

Gleich im Anschluss ging sie schlafen. Sie schlief unruhig und wurde am nächsten Morgen schweißgebadet wach. Sie zog sich um. Irgendetwas kam ihr am Schrank komisch vor. Hatte sie nur geträumt, dass sie ihre Kleider anders sortiert hatte? Wurde sie jetzt schon verrückt?

Auf Arbeit war Alvi schon da. „Und wie war dein Besuch? Sehr hoher Besuch?", begrüßte Marie ihre Kollegin und Freundin. Alvis Blick verdunkelte sich kaum merklich: „Ja hoch und einschüchternd, aber das ist nicht wichtig. Lass uns doch heute noch einmal an der Wand entlang gehen."

Also gingen sie nach der Arbeit an der Wand lang. Die Wüste, die die kleine Stadt umgab, war leer wie immer. Ab und zu wirbelte der Wind draußen etwas Sand durch die Luft. Marie seufzte und lehnte sich mit der Hand gegen die kühle Wand. Plötzlich war das Bild am Flackern. Sie erschrak und zog vor Schreck die Hand weg. Das Bild war wieder da. „Du hast das auch gesehen, oder?", wisperte sie. Alvi war kreidebleich und nickte. Marie ob die Hand und lehnte sie vorsichtig wieder gegen die Wand. Das Bild begann wieder zu flackern. Sie ließ ihre Hand liegen und wartete ab. Das Flackern wurde hektischer. Wüste. Dunkelheit. Wüste. Dunkelheit. Wüste. Dunkelheit. Dann blieb die Wand dunkel. Zumindest der Teil, vor dem sie standen. Marie nahm die Hand weg. Die Mauer bleib dunkel.

In der Ferne konnten Ali und sie Autos hören, deren Sirenen lauter wurden. Sie hielten beinahe lautlos neben ihnen. Nur die Sirenen nahmen den ganzen Raum ein. Sie kreischten, dass Marie sich am liebsten die Ohren zugehalten hätte, wenn sie nicht im ganzen Körper total taub gewesen wäre. Um sie herum war ein Gewusel aus schwarzen Männern. Sie schrien sich Dinge zu. Gaben sich Handzeichen. Und mittendrin Marie und Alvi. Starr vor Erschrecken, was sie gerade festgestellt hatten. Plötzlich wurde an ihren Armen gezerrt. Marie versuchte sich zu wehren, sie wollte nicht wissen, wo die Männer sie hinbringen würden, aber sie stand noch zu sehr unter Schock. Sie wurde auf den Sitz hinter dem Fahrer gedrängt. Der Fahrer startete den Wagen und somit das Magnetfeld. Das Auto stieg in die Höhe. Ein Gedanke schoss durch ihren Kopf. Möglicherweise die Rettung, möglicherweise ihr Untergang. Als das Auto beschleunigte, drückte sie sich aus ihrem Sitz und griff über den Fahrer hinweg. Sie packte das Lenkrad und riss es herum. Der Wagen folgte sofort. Er schleuderte seitlich weg. Nun war er direkt auf die Wand ausgerichtet. Das Auto verlor an Höhe, das Gewicht beschleunigte den Wagen. Es krachte. Knirschte. Rummste. Marie hörte Alvi schreien. Der Fahrer versuchte Maries -griff zu lösen und wieder Kontrolle über den Wagen zu bekommen. Sie hielt es fest, als ginge es um ihr Leben. Ein kräftiger Ruck, der sich bis zu ihrer Schulter hochzog und das Lenkrad war ihr entrissen worden. Sie waren durch die Wand gerauscht. Das Auto war kurzzeitig langsamer geworden. Aber jetzt beschleunigte das Gewicht des Wagens wieder. Der dunkle Boden kam immer Näher, wie ein Monster, dass einen in die kalte Tiefe ziehen will. Sie drehten sich. Schleuderten. Marie und Alvi wurden aus den Sitzen gehoben. Mit ihren Armen drückten sie gegen die Decke des Wagens. Die Drehung war um 180°überstanden. Sie wurden wieder gegen die Rückenlehne gepresst. Ein lauter Knall. Ein kräftiger Ruck. Sie wurden durch das Auto geschleudert und dann stand der Wagen. Niemand bewegte sich. Flaches, lautes Atmen.

Marie war schnell wieder beisammen und löste ihren Gurt. Dann drückte sie auch auf Alvis Gurt. Er surrte zurück. Beide schauten zu den Fenstern. Die Gläser waren beim Aufprall zersplittert. Marie trat die Scheibe ganz raus. Sie langte mit ihrer Hand nach draußen und entriegelte die Tür. Marie kletterte hinaus. Nach einigen Minuten folgte dann auch Alvi. Sie rannten durch die kühle Nachtluft über das kalte feuchte Gras. Erst mal nur weg. Sie rannten. Angst trieb sie immer und immer weiter. Es wurde pustiger. Sie rannten weiter. Der Wind kühlte weiter ab. Sie rannten weiter. Marie begann zu frösteln. Sie rieb sich die Arme und verlangsamte. Dann hielt sie an und sah sich um. Auch Alvi wurde langsamer.

Von wegen Wüste. Von wegen sandige Leere. Dort

wuchs das Gras bis zu den Knöcheln. Vereinzelt standen kleine Büsche in der Landschaft herum. Es war dunkel. Scheinbar war Nacht. Aber die Nacht war ganz anders, als unter der Kuppel. Es war nicht einfach finster. Der Himmel war in ein schönes tiefes Dunkelblau getränkt und viele kleine weiße Lichter glitzerten in der dunklen Decke und erhellte die Landschaft. Marie verspürte ein Kribbeln der Befriedigung. Sie breitete die Arme aus un drehte sich im Kreis. Lachen brach aus ihr heraus. Herzliches Lachen. Echtes Lachen. „Alvi, wir sind frei!", rief sie und nahm ihre Freundin in den Arm. Alvi stand einfach nur da. Vielleicht waren es die vielen Einflüsse, die auf sie einströmten. Vielleicht konnte sie auch einfach nicht glauben, dass sie all die Jahre belogen worden sind. „Das muss ich John zeigen!", rief Marie begeistert. Sie begann wieder zu rennen. Nicht aus Angst, sondern voller Elan. Aber sie war kaum auf voller Geschwindigkeit, da stoppte sie abrupt wieder. Wenn sie jetzt zurück gehen würde, war sie eine tote Frau, oder John musste leiden. Sie ließ sich ins Gras sinken und begann zu weinen. John war im Moment unerreichbar. Und er war es wahrscheinlich auch für immer. Sie schlurchste. Ihre Schultern bebten. Die Trauer ergriff von ihrem Körper Besitz. Sie spürte etwas auf ihrer Schulter lasten. Verweint sah sie auf und erkannte das Gesicht ihrer besten Freundin. „Weißt du was? Wir gehen jetzt zurück. Wir haben nichts gesehen! Wir sind im Schock weggelaufen und wurden von der Angst vor den wilden Tieren umher getrieben.

Wir kehren zurück, weil uns die Welt hier draußen Angst macht und dort dann sicher und geborgen sind. Wir wissen jetzt, wie es hier draußen ist, aber wenn du zurück zu John willst, darf davon nie einer erfahren!", Marie nickte. Sie ergriff Alvis Hand und ließ sich hochziehen.

Schweigend gingen sie nebeneinander in die Richtung, aus der sie gekommen waren. Still rannen Marie die letzten Tränen über die Wangen. Die Kuppel kam in Sicht. Ein riesiger, hässlicher Ball, mitten in dieser wunderschönen Natur. Marie wurde übel. Dieser Ort widerte sie an.

Eine dunkle Gestalt kam ihnen entgegen. Marie hatte das Bedürfnis stehen zu bleiben und wegzurennen. Aber Alvi kannte ihre Freundin, denn sie packte sie am Arm und zog sie weiter auf den schwarzen Mann zu. Irgendetwas an ihm kam Marie bekannt vor. Der Gang. Die Figur. Es hätte ihr Mann sein können. Alvi blieb stehen. Marie starrte auf den Schatten. Es war ihr Mann. Jetzt hatten sie ihn auf ihre Seite gezogen. Infiziert. Nur dem System verpflichtet. Sie riss sich los. Rannte über das Gras weg. Einfach weg. Weg von all dem. Weg von allem, was sie täuschte.

Sie will nicht mehr. John ist ihr weggenommen worden. Alvi ist nun der einzige Halt. Aber sie soll auch glücklich werden. Einen Mann finden. Und das kann sie nur ohne die verträumte Marie, die alle nur in Verderben drängt, schaffen. Sie ist für alle nur ein Laster. Der Wind peitscht ihr ins Gesicht. Die kühle

Luft macht sie wach, lässt sie klarer sehen. Die Nacht schenkt ihr Energie. Es geht leicht bergauf. Rauschen. Vor ihr ist die Erde zu Ende. Stein. Nichts. Auf einmal. Marie zieht die Schuhe aus. Spürt das Gras an ihren Sohlen kitzeln. Geht näher an das Ende heran. Der Wind. Die Nacht. Sie ist entschlossen es zu tun. Der Himmel. Das Gras. Unter ihr das tobende Wasser. Sie hat nie gelernt zu schwimmen. In der Wüste hätte es auch keinen Sinn gehabt. Einen Schritt vom Gras auf den Stein. Noch einen Schritt. Noch ein Stück.

Sie steht an der Klippe. Der Wind weht in ihren Haaren. Ihr Kleid wirbelt um ihre Beine. Ihre nackten Füße auf dem kalten Stein. Über ihre Wangen laufen Tränen. Das Leben ist für sie vorbei. Es hat alles keinen Sinn mehr. Es wäre so einfach. Es ist so einfach. Einen Sprung und sie würde in die Leere stürzen. Die Tiefe. Das Ende. Das System kann ihr nichts mehr anhaben. Es rauscht in ihren Ohren. Unter ihr zerschlagen die Wellen an der Klippe. Sie geht einen Schritt nach vorne „Marie!", hört sie eine leise, bekannte Stimme. Nein. Sie will nicht mehr. Nicht einmal John könnte sie beruhigen. „Marie! Nicht!", die Stimme kommt näher. Sie hört sie keuchen. Gleich würde sie da sein. Es muss John sein. Sie geht noch einen Schritt. Ihre Zehen krallen sich um die Kante. Es gibt kein zurück mehr. Sie springt. Sie fühlt die Freiheit. Die Ruhe. Es hat ein Ende.

Etwas warmes legt sich plötzlich und kräftig um ihr Handgelenk. Ein fester Griff. Sie wirbelt herum. Die ganze Welt dreht sich. Sie prallt gegen die Felswand. Schmerz durchzuckt sie. Sie schreit. Sie hört einen anderen Schrei. Tiefer. Außer Atem. Um sie herum dreht sich alles. Ihre Seite brennt. Der Schmerz lässt nicht nach. Eine zweite Hand schließt sich um ihren Arm. Es ruckt. Sie beißt die Zähne zusammen. Die eine Hand umgreift ihren Oberarm. Ein Ziehen. Die zweite Hand löst sich vom Unterarm und greift ihr unter die Schulter. Benommen schaut sie sich um. Sie wird vom Abgrund weggezogen. Fels schrammt an ihrem Bauch entlang. Danach auch an den Beinen. Dann lösen sich die Hände von ihr und sie fällt ins Gras. Der Schmerz ist betäubend. Der frische Duft von der Erde und dem Gras beruhigen sie. Sie schließt die Augen. Atmet tief durch, biss es in den Lungen sticht. Sie öffnet die Augen wieder. Sie dreht sich auf den Rücken. Über ihr ist das Gesicht des Mannes, den sie liebt. Der, für den sie alles tun würde. Freudentränen stiegen in ihre Augen.

Er legte seine große, warme Hand an ihre Wange. „Marie, jag mir nie wieder so einen Schreck ein!", sagte er mit seiner tiefen, warmen Stimme. „Aber warum, bist du...?", Maries Stimme brach ab. „Sie hatten mich angeworben. Das Seminar, weißt du? Meinten um dich zu beschützen. Dann habe ich durch Zufall deine Akte in die Hände bekommen. Die wollten, dass ich dich ausspioniere, damit sie dich unter Druck setzen können. Informationen oder dich vielleicht bekehren. Und dann wuselten vorhin alle aufgeregt umher und ich habe mitbekommen, was an der Wand los war. Ich bin sofort los. Ich habe eine Kamera mit. Eine wie aus den Bäumen, die Filme von all dem hier macht. Ich kann nicht fassen, dass du all die Zeit recht hattest. Ich muss gestehen, ich habe immer gedacht, du hättest eine blühende Fantasie, und fand deine Träumereien niedlich. Wir werden dieses schwachsinnige, herrschsüchtige System zu Fall bringen. Komm, Alvi wartet auf uns." Er zog seine Frau auf die Beine. Sie liefen zurück zur Stadt, sammelten unterwegs Alvi ein und machten so viele Bilder wie möglich. Immer waren zufällig Marie, John oder Alvi darauf zu sehen.

Als sie näher an die Stadt kamen, nahm er die Beiden am Oberarm und schob sie durch den Eingang, der sich als gut versteckter Schaltkasten tarnte. In der Kuppel winkte er einigen Kollegen zu. Zwei Gestalten lösten sich aus der Gruppe. „Ich habe die Beiden verängstigt aufgefunden. Sie haben von mir schon Schokolade bekommen. Bringt sie nach Hause."

Marie und Alvi wurden von den Männern grob durch die Straßen gescheucht. Es war mehr los als normal. Sie hatten wohl für viel Aufsehen gesorgt. Marie hatte schon begriffen. Nach und nach fröhlich, naiv und zufrieden werden, um John zu schützen. Er hatte ihnen eine zweite Chance verschafft. Marie war sich sicher, dass Alvi auch begriffen hatte. Denn nach und nach tat Alvi immer mehr wie die strahlende Person, die sie immer gewesen war. Sie lächelte und begann zu brabbeln: „Ein Glück, dass sie uns gefunden haben! Hätte Ihr Team uns nicht den Weg zurück gezeigt, hätten wir uns da draußen so unglaublich verlaufen. Und noch viel wahrscheinlicher ist, dass wir da draußen verhungert wären. Da gibt es ja nichts. Wie hätten wir uns denn zum Frühstück Eier braten sollen? Oder einen guten Eintopf kochen? Nicht auszudenken! Aber jetzt sind wir ja wieder hier zu Hause in Sicherheit. Hier ist es warm und trocken und hier sind alle so nett und … oh da ist ja mein geliebtes zu Hause! Mein Heim!" Alvi tänzelte in ihr Haus. Dann war Marie alleine mit den beiden Männern. „Wir wissen, dass Sie dahinter stecken. Wir geben Ihrer Freundin keinerlei Schuld am heutigen Vorfall, aber Sie sollten jetzt dreimal auf jeden Schritt achten! Ihre Freundin wird nicht bestraft werden. Aber solange wir noch keine Instruktionen von oben haben, werden wir immer in Ihrer Nähe sein! Bis der Regler seine Entscheidung getroffen hat und dann wird es haarig für Sie werden! Seien Sie sich dessen bewusst." „Danke!", sagte Marie einfach nur. So gut wie es ihr irgendwie möglich war: „Danke, dass Sie mich nach Hause bringen. Ich habe da draußen alles gesehen, was ich je wollte, aber mir ist auch bewusst, dass er hier drinnen viel sicherer ist. Wie Alvi ja schon erwähnt hat, wären wir niemals überlebensfähig. Das habe ich jetzt auch verstanden. Das war wohl meine kindliche Neugier. Dort gibt es keine Magneten, die unsere Autos in sicherer Entfernung halten. Dort ist kein Strom, keine Regelung, keine Ordnung. Menschen brauchen Ordnung. Wir würden daran kaputt gehen." Innerlich verfluchte Marie sich für ihre Worte, aber zumindest ließen die Männer sie alleine das Haus betreten.

Sie schnappte sich ihre Lebensmittelliste und öffnete das Optionenmenü. Dort fand sie sofort, was sie suchte. Ein Zeichenprogramm. Sie versuchte das Erlebte zu malen. Festzuhalten. Die Gefühle einzufangen. Das Gras. Der Wind. Die Nacht. Das Meer.

Sie war erleichtert und legte die Liste beiseite. Sie strich über die raue, türkisfarbene Touchfläche. Der Bildschirm erlosch. Sie selbst legte sich auf ihr Wasserbett und wartete. Würde John nach Hause kommen? Was er wohl gerade tat? Was er wohl mit den Bildern vorhatte?

In diesem Augenblick stürmten die zwei Männer durch die Haustür. Einer von ihnen schrie: „Du guckst im Wohnzimmer, ob sie da ist. Und ich gucke nach Hintertüren." Dann stand er schon im Schlafzimmer. „Alles okay! Ich habe sie!" „Was ist los?", wollte Marie wissen. „Nichts alles in Ordnung! Wir haben Fehlinformationen bekommen!" Sie verließen das Haus wieder. Jetzt war Marie neugierig. Was ging draußen vor sich? Sie ging ans Fenster und sah nicht das altbekannte Bild von der Wüste an der Mauer. Da strahlte sie in Groß im Gras umgeben von Nachthimmel. Das Bild veränderte sich und man konnte vage Umrisse eines Baums vor dunklem Hintergrund erkennen. Alvi war am linken Rand des Bildes zu sehen. Maries Blick schweifte zur Straße. Diese war voll mit den

Bürgern Nvumurbis'. Sie schrien und brüllten und hielten ihre Fäuste in die Luft.

Marie eilte aus dem Haus. Alle Schmerzen waren vergessen. Sie ließ sich vom Strom der Menschen treiben. Die beiden Türsteher konnten sie nicht festhalten. Um sie herum riefen alle: „Die Mauer muss weg! Die Mauer muss weg!" Marie stimmte ein. Sie hatte das Gefühl, dass sie das schon einmal erlebt hatte. Sie lächelte, als sie zusammen mit den anderen gegen den Bildschirm trommelte. Schon bald wurden Möbel geschmissen. Nach und nach begann die Wand zu brechen. Die schwarzen Männer versuchten erfolglos Ordnung in die wütende Masse zu bekommen. Mit einem Knirschen und Krachen brach die Mauer weiter. Die Menge schrie, als ein Stück aus der Decke brach und einige Menschen unweit von Marie unter sich begrub. Der Nachthimmel wurde sichtbar. Alles würde gut werden.

Die Autorin

Viktoria Suhr ist eine junge Frau, die schon früh mit dem Schreiben angefangen hat und erst dazu überredet werden musste ihre Geschichten und Gedanken zu teilen. Sie wandert seit 1996 durch die Welt und hat ihre ganz eigene in ihrem Kopf verborgen.